ERNST BARLACH
DRAMEN

Die Echten Sedemunds

SERIE PIPER
Band 774

Zu diesem Buch

›Der Königsschuß‹ sollte das Drama über die unsterblichen Kleinbürger zuerst heißen, denn im Schützengarten sind sie zu Hause, und den Vogel, der ein eingebildeter Löwe ist, schießt der ehrloseste der Ehrbaren ab. Aber was echte Honoratioren sind, die wissen auch den schändlichsten Skandal mit Reputation zu bestehen, »zäh wie Zunder« in alle Ewigkeit, und wär's am Jüngsten Tag.

Wie alle bisher erschienenen Bände der Taschenbuch-Gesamtausgabe gibt auch die Einzelausgabe der ›Echten Sedemunds‹ den Text des Erstdrucks wieder, veröffentlicht im Paul Cassirer Verlag, Berlin 1920. Schreibweise und Zeichensetzung wurden beibehalten, nur Druckfehler korrigiert.

Ernst Barlach, geboren am 2. Januar 1870 in Wedel an der Niederelbe, ältester von vier Söhnen eines Landarztes, verlor als Vierzehnjähriger in Ratzeburg den Vater, lernte an der Gewerbeschule in Hamburg, studierte an der Königlichen Akademie für Bildende Künste in Dresden, lebte in Paris, Friedrichroda, Wedel, Berlin, Florenz und 1910–38 in Güstrow, liegt in Ratzeburg begraben. Er starb am 24. Oktober 1938 in Rostock, weltberühmt, in seiner Heimat verfemt. Die Folgen des Naziterrors für sein dichterisches Werk sind bis heute nicht überwunden. Trotz Aufführungsverbot seiner Dramen und Ächtung seiner Kunst wollte er nicht außer Landes gehen: »Ich lasse mich eher auf meinem Grund und Boden totschlagen, die Mühe sollen sie sich wenigstens machen.«

Helmar Harald Fischer, geboren 1940 in Magdeburg, Autor und Übersetzer in Köln, 1968–79 Chefdramaturg und Stellvertreter des Intendanten in Aachen, Braunschweig und Wiesbaden, 1979–85 Lektor im S. Fischer Verlag, betreute als verantwortlicher Dramaturg des Theaterverlags das dramatische Werk Ernst Barlachs.

ERNST BARLACH
DRAMEN

Die Echten Sedemunds

Mit einer Titelgraphik von Ernst Barlach

Herausgegeben und mit einem Vorwort von
Helmar Harald Fischer

Piper
München Zürich

Erscheinungsfolge der Ausgabe:

Die Sündflut, Juli 1987
Der Arme Vetter, Juli 1987
Die Gute Zeit, September 1987
Die Echten Sedemunds, Oktober 1987
Der Blaue Boll, Januar 1988
Der Tote Tag, Mai 1988
Der Findling, September 1988
Der Graf von Ratzeburg, Oktober 1988

ISBN 3-492-10774-5
Oktober 1987

Aufführungs- und Senderechte:
PROJEKT Theater & Medien Verlag, Köln
Umschlag: Federico Luci,
unter Verwendung eines Motivs von Frieder Grindler
Gesamtherstellung: Clausen & Bosse, Leck
Printed in Germany

Inhalt

Vorwort

»Das Biest ist konfirmiert«, stellt Barlach am 1. März 1920 fest, nachdem er die Korrekturen zur Buchausgabe der *Echten Sedemunds* zurückgeschickt hat. Das »Biest« sollte ihm noch einen Schrecken einjagen. Nach dem Besuch der zweiten Vorstellung von Leopold Jeßners Inszenierung der *Echten Sedemunds* im Schauspielhaus am Gendarmenmarkt am 3. April 1921 hat Barlach nie wieder freiwillig ein Theater betreten. »Als bloßer Zuschauer wäre ich vielleicht der stärkste Pfeifer gewesen« schlug Barlach sich beim Verlassen des Theaters auf die Seite des ablehnenden Publikums. »Der Schützenplatz war menschenleer«, schrieb er an Reinhard Piper, »das Grabmal war eine weiße Wand... die ›große gegenwärtige Menge‹ eben keine Menge, die Kapelle keine Kapelle, der Kirchhof ein Regisseurkniff und der Grundton des Hauptsächlichen Geschrei und Monumental- und Stilbums. Der einzige Julius Bab hat das gesehen und ausgesprochen.«

Noch 32 Jahre später erzählt Jürgen Fehling von den Folgen, die dieses Schreckenserlebnis des Autors auch für ihn hatte, auf einer Tagung der Dramaturgischen Gesellschaft: Barlach hat nie eine Barlach-Inszenierung Jürgen Fehlings gesehen. »Immerhin«, erinnert Fehling sein Auditorium 1953, »basiert meine Börsengeltung im inneren Sinne auf meinen Barlach-Erfolgen«; aber buchstäblich im letzten Augenblick vor Beginn einer Vorstellung, zu deren Besuch ihn sein Verleger erst nach Jahren habe überreden können, habe Barlach an der Ecke Friedrichstraße/Unter den Linden Paul Cassirer in den Popo gekniffen und gesagt: »Nee, Mensch, wir gehen in den Wintergarten, ich traue dem Kerl nicht, das wird wieder so ein Jeßner sein!«

Es muß eine bittere Genugtuung für Barlach gewesen sein, als ausgerechnet im Jahre 1935 eine nicht mehr dem Mißverstehen des Expressionismus verpflichtete, ungekürzte, minutiös seinen realistischen Bühnenanweisungen folgende Aufführung der *Echten Sedemunds* in Altona einen solchen Erfolg hatte, daß der Regisseur Kurt Eggers-Kestner um viertel vor eins in der Nacht noch vor den Eisernen Vorhang geklatscht wurde und die *Deutsche Allgemeine Zeitung* darüber berichtete: »Vermutlich wird man eines Tages Barlach gerade so zwanglos verstehen, wie man heute Kleist versteht.« Nach der fünften Vorstellung wird die Aufführung von Berlin aus verboten. Es war das letzte Mal, daß die Kulturpolitik der Nazis mit einer Barlach-Aufführung unterlaufen worden war. *Die Echten Sedemunds* waren nach Jeßners Aufführung mit Fritz Kortner (Alter Sedemund), Rudolf Forster (Grude) und Lothar Müthel (Junger Sedemund), die in Berlin acht Tage nach der Uraufführung durch Erich Ziegel am 23.3.1921 an den Hamburger Kammerspielen Premiere gehabt hatte, nur noch von Ernst Legal 1924 in Darmstadt gespielt worden.

Am 31. Januar 1986 fand im Ernst-Barlach-Theater Güstrow die erste Aufführung der *Echten Sedemunds* in der DDR statt, eine Aufführung des Mecklenburgischen Staatstheaters Schwerin, sozusagen am Originalschauplatz, den Barlach dem Intendanten des Staatstheaters Berlin am 26. Februar 1921 drei Stunden lang – so gibt Fehling Jeßners Erzählung wieder – gezeigt hatte: »Sehen Sie mal, das ist das Mädchen, das in meinem Stück im Rollstuhl fährt, das ist der alte Sedemund. Sehen Sie mal, hier wohnt der junge Sedemund, er ist augenblicklich in der Kneipe, wir wollen mal hingehen, wir setzen uns an den Nebentisch. Hier ist diese Straße, das ist der zweite Akt, das ist der erste Akt.« Zweifellos ließ Barlach sich, als er zum Signieren in Berlin war, nur deshalb in die Aufführung schleppen, weil er Jeßner zuvor in sein Güstrowsches Panoptikum hatte führen können. »Alles hab ich ihm gezeigt, nischt hat er behalten.«

Daß der Atem einer Figur, die Atmosphäre einer Situation, die Proportionen, innerhalb derer Bewegung stattfindet, nicht durch Abstraktion Allgemeingültigkeit erlangen, sondern in sich selber Bild der Welt zu sein vermögen, wenn sie nur ganz aus ihrer eigenen Stimmigkeit heraus entwickelt werden, war für Barlach eine solche Selbstverständlichkeit, daß er nur fassungslos und für alle Zukunft dem Theater gegenüber mißtrauisch zu reagieren vermochte. Der Schauplatz, den er für sein Kleinstadt-Pandämonium wählt, ist um so metaphorischer, je konkreter er realisiert wird: »Begräbnis, Kirchhofsmusik, Schützenfestgeknalle, Karussell, russische Schaukel, Tierbudengebrüll, alles durcheinander. Stimmung vom Jüngsten Tage, Motto: Gott, der diesen Wirrwarr erregt (Lebenssymbol), wie muß er leiden! Denn: diese Gärung, dieser Dualismus, diese Zerfleischung von Gefühl usw. ist Abbild eines Vorgangs.« Die Sprache, noch, wo sie sich zur Kennzeichnung eines mit der Figur identisch gewordenen Dialekts bedient, zeigt immer Haltungen der Figur, ist nie milieugerechte Wortemacherei. Aus dieser Spannung baut sich die Kunstwirkung auf. Es bedarf keiner zusätzlichen »Überhöhung«.

Weil der Abbildcharakter des Vorgangs, wie Barlach im *Güstrower Tagebuch* am 17. Juni 1917 notiert, von sich selbst her einsichtig sein muß, hat es nach dem letzten Weltkrieg so lange gedauert, bis man gerade dieses Drama Barlachs wieder aufgeführt hat. In der Bundesrepublik war die Restauration der Honoratioren-Gesellschaft natürlich schon abgeschlossen, als 1958 Hans Lietzau zum erstenmal seit Altona 1935 am Schiller-Theater mit Ernst Schröder (Alter Sedemund), Friedrich Siemers (Grude) und Thomas Holtzmann (Junger Sedemund) *Die Echten Sedemunds* inszenierte. Die wie in keinem seiner anderen Dramen konkret politischen Bezüge finden sich für uns in der Parallelsituation zur Entstehungszeit des Dramas: Restauration alter Gesellschaftsstrukturen nach kurzer revolutionärer Phase im Anschluß an ein Weltkriegsende. Nach Kurt Ehrhardts Aufführung 1963 am Opernhaus Hannover brachte Lietzau die *Sedemunds* auch am Deutschen Schauspielhaus in Hamburg mit Hermann Schomberg, Heinz Reincke und Uwe

Friedrichsen heraus. 1965 inszenierte er das Stück mit Ernst Schröder, Heinz Reincke und Gerd Baltus fürs Fernsehen. Die bisher letzte Aufführung der *Echten Sedemunds* in der Bundesrepublik inszenierte Gerhard Hess am Schauspiel Kiel, ein Versuch in Wuppertal war nach der Premiere abgesetzt worden. In diese Aufführungen konnten die Erfahrungen der 68er-Revolte eingehen: In Wuppertal noch mit dem Impetus eines Über-das-Stück-Hinauswollens, der sich im Ergebnis gegen das Stück richtete, in Kiel bereits mit der Erfahrung der gescheiterten 68er-Revolte und unter dem Eindruck der sich anbahnenden zweiten Restauration in der Bundesrepublik; hier wurde der Junge Sedemund, der leicht in Grudes Schatten gerät, eindeutig zur Schlüsselfigur.

Anders als Gregers Werle in Ibsens *Wildente*, der zu Unrecht sein literarischer Bruder genannt wird, macht Gerhard Sedemund nicht Jagd auf die, die verhindern, daß die Wahrheit ans Licht kommt – das besorgt sein Alter ego Grude, der den Löwen »los läßt«. Entlarvung vor der Öffentlichkeit führt noch zu keiner Änderung der Entlarvten oder der durch sie repräsentierten Zustände. »Wir wollen«, erläutert er Grude die Zielsetzungen der Adamisten, »wenn schon neu geordnet werden soll, wenigstens erst einmal wissen, wie beschaffen das ist, das zu besserem Gedeihen geführt werden soll.« Der fremde Blick auf das wie selbstverständlich Bestehende ist also seine Methode, die Analyse des gesellschaftlichen Zustands, den er nicht erst aufdecken muß – der ist ihm so klar wie seinem Vater, der ihn repräsentiert –, dessen Dauerhaftigkeit er jedoch ergründen möchte. Die »echt Sedemundsche Formel«: »Nicht umzubringen« – »glimmt zäh wie Zunder«, das echte Bürgertum, ist, wissen wir, heute unvergänglicher denn je. »Die Leute glauben nur ans Habeglück, sie sollen doch auch«, wünscht Gerhard Sedemund, »ans Gebeglück glauben lernen … Der Mensch … giert nach einem Gut, einem Glauben, einem Altar, auf dem er sich opfern darf. Also: nur ein Ziel, einen Sinn, und der Mensch stürzt sich selbst verschwendend in Glück und Gnade.«

Das öffentliche Exempel aber, das er an seinem Vater statuiert, dem er, als er nicht widersprechen kann, das Gebeglück aufzwingt, münzt er selbst am Ende in eine Eingebung von Unzurechnungsfähigkeit um und beglaubigt diese Wiederherstellung des Sedemundschen Renommées durch seine Selbsteinlieferung in die Nervenklinik, die Grude verlassen hat. Gerhard Sedemund folgt damit seiner Einsicht, daß »ins Bestehende... so leicht keine Bresche gebrochen« wird; noch durch die Enthüllung von Skandalen wird der Glaube ans Habeglück bestätigt, Gerhard Sedemund zieht sich zur Beratung zurück, und wir sind 70 Jahre nach der Oktoberrevolution, seit Barlach ihn sah und für die Bühne erfand, nicht klüger als er.

Stärker als das gute Wollen seines Sohnes ist der Zynismus des Alten Sedemund. Er weiß wie sein Bruder Waldemar, daß Ehrbarkeit und Geltung sich konstituieren aus der Bewunderung der Minderbemittelten für die Brutalität, mit der die Renommierten ihre persönlichen Interessen durchsetzen. Das Volk versteht die Renommierten nur zu gut. Es möchte im Grunde selber so sein. »Wir wollen ohne Not bestrenommierte Bürger nicht beleidigen, bloß weil sie ein bißchen flott wirtschaften.« Eine wirkliche Herzensfeindschaft haben die Renommierten vom Volk deshalb auch nicht zu befürchten, das macht ihre Sicherheit aus. Die können sie seismographisch jederzeit an den Öffentlichen Angestellten ablesen, die von der Allgemeinheit bezahlt werden und die Sehnsüchte der Nicht-Renommierten repräsentieren. Der die Obrigkeit vorstellende Wachtmeister Lemmchen weiß genau, auf wessen Seite zu stehen aussichtsreicher ist: »Ein guter Ruf gilt uns einen ganzen Hümpel mehr als genaue Gerechtigkeit... Der gute Schein schirmt die gute Sache und die gute Sache ist unser Schirm und Schutz«. Klarer kann man nicht sagen, wie Besitz, Amt und Würden als Inbegriff von Wohlanständigkeit dauerhaft geschützt werden. Von »unsereins« redet Lemmchen über die Geschäfte der Gierhahn und Ehrbahn und läßt es beim Bewahren dessen, was schon immer so war, nicht bewenden, sondern weiß auch die Gedanken des Alten Sedemund zu denken: »Von Rechts wegen müßten gerade die Unverdächtigen bestraft werden – gerade die!« – »Kann es nicht so herauskommen«, fragt Sedemund seinen Sohn, »daß man einmal belohnt wird dafür, böse gewesen zu sein, als Entschädigung – nämlich, und daß der Gute für sein enormes Glück büßen muß?«

Glück wäre, unabhängig zu sein von seiner Geltung unter den Menschen und einzig verpflichtet dem, was man für wahr hält. Die Kraft zum Umsturz der Verhältnisse kann nur von denen ausgehen, die von Geburt sie zu bewahren bestimmt sind. Deshalb wird Gerhard Sedemund, als er durch besorgniserregend unabhängige Gedanken von sich reden macht und die »echten« Sedemunds in Mißkredit bringt, unter dem Vorwand, sein Vater läge todkrank, nach Hause geholt. Im Guten oder Bösen will man ihn in die Anstalt bringen, die er dann freiwillig aufsucht. Durch seine Unerschrockenheit und die Hilfe von Grudes Schocktherapie hat er zwar die Geltung der Echten Sedemunds und ihrer Artgenossen infragegestellt, aber er weiß nicht, wie es weitergehen kann: ehe er zerstört, will er, hoffnungsloser Reformist, wissen, was danach aufgebaut werden kann. Er vermag nicht spielerisch damit umzugehen, daß das Leben »ein Freßprozeß, ein Verwandlungs- und Verdauungswunder« ist, wie Grude, der sich gleich Hamlet Unabhängigkeit hinter der Maske des Wahnsinns verschafft. »Im Menschensein werden wir schlimmer zugerichtet als Eisbären, Kondoren, Affen und Löwen« heißt es schon im *Seespeck*-Roman, und Barlach, selbst »gar nicht wenig Eulenspiegel«, wie er im *Selbsterzählten Leben* verrät, betrachtete den Menschen als einen »Versuch der Natur ... der fehlgeschlagen ist, wie es eine Reihe von Formen gibt, die sie wieder fallen ließ.« »Das Tragische ist nur«, zitiert ihn Friedrich Schult weiter in einer Gesprächsnotiz, »daß noch der Weg empfunden wird, das Ziel, nach dem sich Tausende bewegen, wie der Magnet vom Pole angezogen wird. Und alle, die darum wissen, die haben an dem Unglück zu tragen.«

Diese Äußerung des 51jährigen aus der Zeit der Uraufführung der *Echten Sedemunds* kann als die kürzestmögliche Beschreibung des von ihm als änderungsbedürftig entworfenen Gesellschaftspanoramas gelten, für dessen Änderung aber denen, die die Bedürftigkeit erkennen und das Wollen zur Veränderung haben, nicht das geeignete Material zur Verfügung steht. Barlach hat dem Alten Sedemund Recht gegeben wie dem Jungen Sedemund, das Wüten des Kutschers Karl richtet sich nicht anders als die Scham seines Herrn vor sich selbst gegen die nächstunterlegene Kreatur; Schneider Mankmoos, der durch Orden was gilt, ist ein Ferment der Dauerhaftigkeit des Bestehenden ebenso wie all die, denen der Alte Sedemund hohnlachend ihre verlogene Treuherzigkeit und berechnende Schafsgesinnung in die Ohren schreit. Bitterer Hohn erst recht, wenn Barlach dem pleno titulo Publikum nach all dem auch noch einen positiven Schluß serviert, indem er Grude wie zum Jüngsten Gericht posaunen läßt, nun würde alles gründlich anders. Stattdessen wurde es noch mehr, wie es schon immer war: Vierzehn Jahre später fährt Barlach nur noch im geschlossenen Wagen durch Güstrow; die vorher ihre Verwandten und Freunde am Haus des berühmten Mitbürgers vorbeiführten, schmeißen ihm jetzt die Scheiben ein; er hat sich Schußwaffen zurechtgelegt, kann nur noch mit Medikamenten Schlaf finden, will dort nicht mehr begraben werden.

Es ist nicht unverständlich, wenn dieses Stück nicht geliebt wird. Frei in der Form wie Büchners *Dantons Tod* oder Heiner Müllers *Germania Tod in Berlin*, ist es noch pessimistischer als beide, weil die menschliche Natur als unveränderbar erkannt wird von denen, die zur Veränderung gewillt und zur Aufgabe ihrer Privilegien bereit sind.

Um das Maß der Befremdlichkeit voll zu machen, erklärt Barlach ausgerechnet dieses Stück als sein einziges auch noch ausdrücklich zum »Gottdrama«, das heißt: Seine Überzeugung, daß Gott und Teufel eins sind, daß ohne Haß keine Liebe ist und ohne Nacht kein Tag sein kann wie ohne Sünde keine Erlösung, wird als heilsgeschichtliche Unentrinnbarkeit ins Verhältnis mit der unvermeidlichen Leid-Erzeugung durch menschliche, also göttliche, Natur gesetzt. Wie Hellmuth Karasek über die Aufführung in Hannover 1963 spöttelte: »In diesem Stück ist man nicht ungestraft Vater und Sohn, man muß noch das Heilsdrama miterleiden.«

Aber die religiöse Prägung dieser Kleinstadtgesellschaft, die deutlich als aus Urväter-Zeit überkommene gewertet wird – Angst vor Geistern, von denen die Schulweisheit träumt, und einigermaßen ordentliche Konsolidierung durch verbindliche Religion – ist ein nicht herauszulösendes Ingredienz ihrer Dauerhaftigkeit und damit zum Verständnis ihrer Strukturfestigkeit unverzichtbar. Als Dramatiker hat Barlach formulieren können, was ihm als Plastiker nie möglich gewesen wäre: das Philister-Porträt in Gestalt des Alten Sedemund, scharf umrissen als Figur wie komplex als Charakter, der Gott zum Schuldner aller Ungerechtigkeit in der Welt zu machen weiß und damit zeigt, daß der Mensch sich nicht ändert, solange er Wege finden kann, Verantwortung abzuschieben. »Ich kann mir vorstellen«, gibt Barlach ein Gespräch mit seinem Sohn (aus dem Jahre 1921 vielleicht) wieder, »daß Christus am Kreuz hängt und im Angesicht der Erde fliegt und leiden muß, so lange die Menschen bleiben, wie sie sind. Er wartet in seiner Pein, bis seine lieben Christen sich entschließen, ihn, ihren Erlöser, ihrerseits zu erlösen, indem sie anders werden, als sie sind. Aber sie werden eher meinen, daß er sich davonmachen möge, denn sie feiern bald ihr zweitausendjähriges Jubiläum, und das feiert sich ohne Zweifel bequemer ohne Christus als in seiner Gegenwart.«

Diese für Barlachs Umgang mit den christlichen Symbolen außerordentlich kennzeichnende Äußerung mag deutlich machen, wie unangestrengt auch auf der Bühne die Symbolverflechtungen Löwe=Schlechtes Gewissen=Christus oder auch Gott-Mensch=Vater-Sohn gehandhabt werden können. Barlach interpretieren, heißt ständig in Gefahr sein, über der Aufrichtigkeit und Würde seines Lebens und Schaffens seine Schlitzohrigkeit zu vergessen. Der ihm angeborene Schalk im Nacken raunt immer mit, aber oft kaum hörbar, er hat einen verflixt trockenen Humor.

H.H.F.

Die echten Sedemunds

Drama von Ernst Barlach

Innentitel der Erstausgabe, Paul Cassirer Verlag, Berlin 1920

Personen

DER ALTE SEDEMUND
DER JUNGE SEDEMUND
ONKEL WALDEMAR SEDEMUND
GRUDE
FRAU GRUDE
SABINE
Schneider MANKMOOS
CANDIDO FRANCHI
RING
GIERHAHN
EHRBAHN
SCHAUKELSTRICK
Wachtmeister LEMMCHEN
Bildhauer BROMANN
KUTSCHER KARL
Grabbesorger
GRETE MANKMOOS
SCHÜTZEN
Publikum
TISCHLERLEHRLING
GÄRTNERLEHRLING
ANSTALTSWÄRTER
Wandervogel SUSEMIHL

I. Bild

Budenstraße. Man sieht gerade auf die »Zirkus-Menagerie« von Candido Franchi, deren Schauseite mit Jagddarstellungen von blutiger Romantik tapeziert ist, zu oberst aber und am zermalmendsten ist der Überfall kakaofarbiger Menschen durch einen scheinbar vom Himmel herabspringenden Löwen getüncht. Es ist früh am Nachmittag des dritten Schützenfesttages. Der Rummel ist vom gestrigen Überdruß noch nicht erwacht. SABINE *im Rollstuhl mit einem Gefolge von 2–3 Wandervögeln, von denen einer auf der Gitarre klimpert, fährt langsam vorüber. Ein* TISCHLERLEHRLING *mit einem Kindersarg auf der Schulter kommt und gafft auf das Löwenbild. Ein* GÄRTNERLEHRLING *mit einem Trauerkranz hilft ihm.*

TISCHLERLEHRLING Wo willst du denn den Deubel mit deinem Kranz hin – hm?

GÄRTNERLEHRLING Hat ein Herr herbestellt, zur Beerdigung auf dem alten Kirchhof, da werd ich den Kranz loswerden.

TISCHLERLEHRLING Mit meinem Sarg ist das nicht so einfach. Mein Meister stand schon heut früh in Saufstiefeln und hat gesagt: trag ihn zur rechten Zeit hin, hat aber vergessen, daß ich wissen muß, wo Hin – hin ist. Hast ihn nicht gesehen?

GÄRTNERLEHRLING *schüttelt den Kopf und spuckt aus* Was mir wohl dein Meister angeht. Aber vor drei wird nicht geschossen, weil wer mit Musik begraben werden soll. Geh man zu rechter Zeit nach dem Schützengraben, da wirst ihn wohl treffen.

Beide trödeln ab.

GRUDE, *im Begräbnisanzug, erscheint und betritt das Tierzelt, nachdem er sich hastig umgesehen. Gleich darauf kommt* FRAU GRUDE. *Man sieht, sie ist auf der Spur ihres Mannes und will ihm folgen, sie zögert aber und bleibt endlich unschlüssig stehen. Von anderer Seite ist zugleich* DER JUNGE SEDEMUND *mit dem Schneider* MANKMOOS *auf dem Platz angelangt und steht still, um zu sprechen.* FRAU GRUDE *hält sich zurück,* MANKMOOS *ist eine Jammergestalt mit einem Säufergesicht und einem weißen Patriarchenbart. Auf der Brust glänzt eine Ehrenmünze am bunten Band.*

DER JUNGE SEDEMUND Sie sind also ganz früh zu meinem Vater gelaufen, haben Sie gute oder schlechte Geschäfte mit ihm gemacht?

MANKMOOS Meine Frau ist mir heute nacht hops gegangen, Herr Sedemund, und da dachte ich ... sehen Sie, Herr Sedemund, ich habe fünf kleine Kinder zu Haus, meine Frau wog ihre guten 160 Pfund, Herr Sedemund, und sie wußte was zu beschaffen –. Nu, dachte ich, geh zu Herrn Sedemund, und so ging ich zu Ihrem Herrn Papa. Aber da fing mich Ihr Herr Onkel Waldemar ab, wissen Sie, und war auch soweit ganz frisch und freundlich zu mir und versprach, weil Ihr Herr Vater, Herr Sedemund, bettlägerig zu Bett läge, ich sollte man einen Moment warten un schließlich schickte er mir diesen Zettel herunter. *Holt einen Zettel hervor*

DER JUNGE SEDEMUND *nimmt und liest* »Nach Durchsicht meiner Kasse finde ich mich außerstande, Ihnen mit einem nennenswerten Betrage beizuspringen« – So, das schickte er Ihnen herunter und was da?

MANKMOOS *der inzwischen das Löwenbild angestarrt hat* Da ging ich hinauf und kam gerade ins Krankenzimmer.

DER JUNGE SEDEMUND Und?

MANKMOOS Und hörte noch mit an, wie Ihr Herr Onkel, Herr Waldemar, die Geschichte zu Ende erzählte und wie sie lachten. Sie lachten darüber, daß meine Frau 160 Pfund gewogen hätte. Da wurde ich aber wütend, wissen Sie wohl, und wollte mich direkt an Ihren Vater wenden und ging auch an sein Bett ran, wo er breitbeinig darin bei zu frühstücken war.

Ja, Herr Sedemund, wenn ich auch so krank wäre und so gut gegessen hätte!

DER JUNGE SEDEMUND Und wie kam er dann zuletzt?

MANKMOOS Zuletzt? Soll ich nicht erst erzählen, was ich ihm gesagt habe?

DER JUNGE SEDEMUND Nein, das kann ich mir denken.

MANKMOOS Zuletzt – da machte mir Herr Waldemar die Tür auf und sagte ganz freundlich, ob ich so freundlich sein wollte – aber das war gar nicht so gemeint.

DER JUNGE SEDEMUND Wieso nicht?

MANKMOOS Nicht freundlich, vielmehr falsch.

DER JUNGE SEDEMUND Also auf die Art haben Sie dann das Haus geräumt, Mankmoos?

Er sieht FRAU GRUDE *und geht zu ihr,* MANKMOOS *bleibt stehen.*

Frau Grude? Guten Tag Frau Grude! *Sie begrüßen sich.* Sagen Sie mir nur, Frau Grude, wo ist Grude? Ich war eben in der – – – Anstalt und hörte, daß er für diesen Tag zu einem Begräbnis beurlaubt ist, hier auf dem alten Kirchhof – neben dem neuen Schützenhause. So kam ich her, ihn zu sehen.

FRAU GRUDE *verwirrt* Ja, das ist wohl richtig, der alte Gimpel wird heute begraben. Um 2 Uhr.

DER JUNGE SEDEMUND Und wo ist unser Grude jetzt?

FRAU GRUDE *deutet auf den Eingang der Tierbude.*
DER JUNGE SEDEMUND *blickt überrascht hin.*

FRAU GRUDE *trocknet ein paar Tränen* Ich war auch in der Anstalt und bekam denselben Bescheid, wie Sie, Herr Sedemund, und nun ist er wie gescheucht eilig ins Zelt getreten, gerade als ginge er vor mir ins Versteck.

DER JUNGE SEDEMUND *faßt einen Augenblick ihre Hand* Gott, Frau Grude! *Zu* MANKMOOS Mensch, Mankmoos, was wollen Sie noch – aber nein, ich muß Sie vielleicht noch nach Allerlei fragen, warten Sie im Schützengarten auf mich. Oder müssen Sie nach Hause zu Ihren Kindern?

MANKMOOS Ich warte lieber noch einen Moment auf Sie,

Herr Sedemund, da weiß ich doch, was ich sozusagen tun soll. Zu Haus heißt es immer bloß: Mankmoos hier, Mankmoos da, als ob ich was dabei machen könnte, daß meine Frau tot ist, mir wär's lieber, sie lebte noch.

DER JUNGE SEDEMUND Also warten Sie im Schützengarten.

MANKMOOS *ab*

DER JUNGE SEDEMUND Frau Grude, wie ist es eigentlich zugegangen, daß Grude in die Anstalt kam? Sie wissen, ich bin seit Jahren nicht mehr hiergewesen.

FRAU GRUDE Ach, Herr Sedemund, ich hab ihn wirklich nicht hineingebracht. Wenn ich so sagen soll, ist er freiwillig hineingegangen, ganz gegen meinen Wunsch; ist selbst zu Herrn Doktor gekommen und hat um Aufnahme gebeten. Er sagte ja immer schon: entweder seid ihr alle verrückt, oder ich allein.

DER JUNGE SEDEMUND Ja, ja, das war so seine närrische Note, er brachte seine Sachen immer kurios heraus.

FRAU GRUDE Er ist auch nicht verrückt, er ist nur – wunderlich, wissen Sie.

DER JUNGE SEDEMUND Aber glauben Sie, daß er sich selbst dafür hält?

FRAU GRUDE Ach, Herr Sedemund, seitdem Sie weg sind, ist sein guter Geist ganz von ihm gewichen.

DER JUNGE SEDEMUND Ich dächte aber, Frau Grude, Sie hätten das Zeug gehabt, mich in meiner Rolle als heilsamer Geist zu ersetzen, wenigstens die Gelegenheit – wie?

FRAU GRUDE Ach – ich – das ist es ja, – was bin ich, was kann ich, nur ihn liebhaben konnte ich!

DER JUNGE SEDEMUND Und das genügte ihm wohl nicht?

FRAU GRUDE *weint* Sollte ich mich anstellen, als teilte ich seinen Aberglauben? Wenn man auf dem Lande groß wird und einen Gespensterseher von Großvater zum Erzieher hat wie er, dann kann es ja auch wirklich mit einem Menschen nicht ganz richtig werden.

DER JUNGE SEDEMUND Ich weiß - aber das sind ja alte Geschichten.

Frau Grude Bitte, Grude glaubt noch, wenn auch nicht mehr an den Hauskobold Gruwelmann, so doch – – ach, was weiß ich, – an irgend was – fragen Sie ihn selbst. Es kam so weit, daß ich mir seinen unsichtbar geisternden Gast verbat. Etwas Lebendiges, sagte er, hat immer irgendwelche Beziehungen zum Verborgenen, jeder ist ein Doppelgänger und ist nicht bei sich und mit sich allein – du bist eine Papierblüte, ein Ding und weiter nichts, du treibst keine Schäkerei im Verborgenen mit dem Sonnenlicht wie jede Butterblume tut. Und so ging es weiter, und er wurde immer wilder und wütender in seinen Verweisungen. Als er schließlich in die Anstalt ging, tat er's vornehmlich meinetwegen, weil ich – glaube ich wohl – kränker war als er von all den Widerwärtigkeiten.

Der junge Sedemund Ein echter Grude.

Frau Grude Und sehen Sie, Herr Sedemund – nun will ich Ihnen als einem guten alten Freund meines Mannes etwas gestehen, was ich ihm heute selbst sagen wollte. Ich bin doch kein Ding, ich bin nicht allein, wenigstens nicht mehr. *Lächelt unter Tränen* Er ist immer bei mir, aber nicht als Gruwelmann und Spukgeist. Beinah er selbst und doch jemand anders und ganz Wirkliches. Darum bin ich heute morgen hingegangen, und Herr Doktor schickte mich ihm schnellstens nach zum Kirchhof. Nun sah ich ihn von weitem vor mir hergehen, und sicher sah er mich auch. Da ist er abgebogen und eilig ins Tierzelt hineingegangen und ich stehe hier draußen.

Der junge Sedemund Soll ich hinterhergehen und ihn benachrichtigen, daß Sie ihn allein sprechen müssen?

Frau Grude *schüttelt den Kopf, legt ihm die Hand auf den Arm* Ich kann ihm doch nicht nachschreien, was man nur leise sagen kann, nicht wahr? Nein, Herr Sedemund, warten Sie hier auf ihn, sagen Sie ihm nichts weiter. Was er von mir wissen soll, mag er selbst aus mir heraushorchen. Haben Sie nur Geduld mit ihm!

Der junge Sedemund Wie Sie wollen, Frau Grude, mit Geduld muß man sich wechselseitig einander wärmen, und so geleite ich Sie einige Schritte bis an die nächste Ecke.

Beide ab
GRUDE *tritt mit* CANDIDO FRANCHI *aus dem Zelt.*

FRANCHI Wenn Sie mir ein Dottore sagen können – wirklich, ich bin so traurig für den armen Schesar, er schaut so unfreundlich rechts und links zu Boden, – daase ist kain gutes Zaichen, nein, besonders, daase er sitzt, als mochte er wohl ein Ei legen, so steht es mit ihm so böse, so böse.

GRUDE Armer Kerl, der Schesar! Gestern brüllte er noch vor Wüstenhunger, daß die Luft im Lustgarten hinter der Anstalt lebendig wurde. Ja, bester Herr Franchi, wir haben alle einen unhörbar brüllenden Löwen hinterm Rücken. Das ist noch das Beste an uns, daß uns jemand in Majestät fangen und fressen will – daß wir's verdienen – wie?

FRANCHI O, iche versteh sehr gut.

GRUDE Ich dachte gerade gestern immerfort bei seinem Gebrüll: was bin ich eigentlich anders als sein Magengeist, seine Leibseele – außerhalb seines Mauls und Magens, versteht sich. Darum bin ich erst – Ich, sehen Sie, weil die Majestät die Freude daran hat, mich zu fressen.

FRANCHI O, iche versteh ...

GRUDE Wir sind eben immer zwei, der Löwe hinter mir ist auch ein Stück von mir, eine Art eigentliches Ich – so ungefähr werden Sie es auch meinen?

FRANCHI Genau gesagt, ganz genau!

GRUDE Man bekommt ordentlich Respekt vor sich selbst, daß man einen so brillanten Brüller aus der wüsten Weite hinter sich weiß, der unser Bein und bißchen Seele überschlucken will und darob vor Freude brüllt – möchte man nicht selbst vor Freude brüllen?

FRANCHI Ich versteh sehr gut.

GRUDE Na, laufen Sie nur zum Tierarzt, wie wollen Sie Ihr Leibesleben fristen, wenn seine Frist abläuft. Dr. Braunreiter, Seegrube 7, rechts herum und dann geradeaus, Seegrube 7!

FRANCHI Wahrhaftig, für den guten Schesar will ich sausen wie besessen. *Geht ab*

GRUDE Ja, ja, dahin, wünsche alles Gute, Ihnen und Ihrem Schesar.

Inzwischen ist SEDEMUND *wieder erschienen.*

DER JUNGE SEDEMUND Paß auf, wer kommt da, Grude, alter Freund...

GRUDE Hallo! Das ist herrlich, daß du heute kommst.

Sie drücken sich die Hände.

DER JUNGE SEDEMUND Warum gerade heute?

GRUDE *zeigt auf das Löwenbild* Sieh, wie er über sie kommt, das Kafferngewissen über uns Kaffern. Und da der arme Kerl im Zelt es erbärmlich in den Därmen hat und gar nicht brüllen, viel weniger springen mag, so kommst du mit deinen Pranken und kannst mir den Kopf waschen. *Schüttelt ihm nochmals die Hände* Ich will dir gleich alles sagen: der Doktor bestimmt mit entschiedener Stimme meinen Fall griechisch, von verrückt will er nichts wissen. Das Griechische will er mir austreiben, siehst du, und so bleibt das andre beim Alten. *Lacht* Meine Frau hat dir natürlich alles gesagt, hat sie auch geweint?

DER JUNGE SEDEMUND Ja, Grude, geweint. Und ihr gutes Herz hofft für dich und für sich.

GRUDE Halt! *Faßt ihn an und dreht ihn um und um* Mensch, bist du denn der, von dem all das Geschrei geht? *Besinnt sich* Adamist, politisches Wickelkind und so weiter? Was hast du bei deiner derartigen Berühmtheit in unsern schmalen Breiten zu besorgen?

DER JUNGE SEDEMUND *zieht ein Telegrammformular aus der Tasche und gibt es Grude.*

GRUDE *liest* »Vater schwer erkrankt, dein Kommen unerläßlich, Onkel Waldemar« – Ist er tot?

DER JUNGE SEDEMUND *faltet das Formular zusammen* Er ist gar nicht krank.

GRUDE Das ist vernünftig von ihm, aber inwiefern ist Onkel Waldemars Ruf an dich vernünftig?

DER JUNGE SEDEMUND *zuckt die Achsel* Sei du so gut und spiele mir nichts vor, du bist so vernünftig, wie du immer warst, vernünftig mit einem Rest, der Rast zum Klären braucht. Nur hättest du als Mensch mit einem Gruwelmann im Gewissen keine Frau nehmen sollen, die noch bis vor kurzem selbst ein Kind war.

GRUDE *blickt ihn scharf an.*

DER JUNGE SEDEMUND Ich darf nichts ausplaudern, sie hat's verboten. Aber nun, was willst du wissen? Ich bekam das Telegramm, reiste, suchte am Morgen noch ungewaschen mein Vaterhaus und traf vor der Tür einen tollen Kerl von Flickschneider, der mich anrempelte und mir ein konfuses Langbreit von meinem gesunden todkranken Papa auf einem mit Frühstück fürstlich besetzten Sterbelager als Frühstück auftischte. Was hältst du davon? Noch eins: der Schneider muß bessere Ohren haben, als es scheint, denn er hatte irgendwie den Namen des behandelnden Arztes gehört: Professor Türklinke aus Rostock. Ich wußte gleich: Professor Druckhammer heißt es, und nun fiel mir folgendes ein...

GRUDE Ja, ja – ich erinnere mich an das, was du erzählen willst: als seine Mutter nicht lange mehr zu leben hatte, nahm sie dich in einer Dämmerstunde beim Schopf und drehte dein Gesicht zur Wand, daß du sie nicht ansähest und sagte: Junge, wenn dein Vater einmal auf dem Sterbelager liegt und Professor Druckhammer aus der Ferne die Behandlung leitet, wenn Onkel Waldemar dabei waltet, dann halt deine Ohren steif und versprich nichts, was du nicht halten kannst.

DER JUNGE SEDEMUND Professor Druckhammer war meines Vaters Zuflucht für und für, wenn es irgendwie gegen meiner Mutter Meinung ging. Durch seine Autorität gedieh meines Vaters Glück gegen meiner Mutter Geltung, denn mein Vater ist und war ein Mann, über den allerlei Unziemlichkeiten Gewalt hatten, und so fand oder erfand er in Professor Druckhammer eine Art ärztliches Kameel, das ihn durch die Wüste zu fernen Oasen trug, wo er bei seiner dank Professor

Druckhammers Fügsamkeit festlich verlaufenden Lebensordnung gut gedieh.

GRUDE Professor Druckhammer muß für dich und deine Mutter eine Art von Gruwelmann gewesen sein.

DER JUNGE SEDEMUND Ganz recht, eine spukhafte Autorität zur Stütze der väterlichen Weltanschauung, insofern er die Welt vom Standpunkt der Heilsfrage aus schaute: was muß ich tun, um auf meine Fasson selig zu werden...

SABINE *fährt wieder vorüber. Sie sehen ihr nach.*

GRUDE *legt* SEDEMUND *den Arm auf die Schulter* Einen Augenblick! Sieh dir das lahme Mädchen an, ich bin ihr schon heute morgen begegnet und einzig auf ihrer Spur habe ich mich in dies Budenlabyrinth gestohlen. Die kann's einem antun, weißt du – Augen falsch und fromm zugleich und dabei ein so schweinisches Mündchen – eine Teufelin!

DER JUNGE SEDEMUND Man könnte sie eben auch für eine Heilige halten.

GRUDE *zerstreut* Und – Onkel Waldemar, Sedemund?

DER JUNGE SEDEMUND Onkel Waldemar *Zuckt die Achsel* – bläst wohl immer noch seine Choräle hintenaus, genau wie damals.

GRUDE Damals, was war da?

DER JUNGE SEDEMUND Als sich etwas Gewisses mit meiner Mutter ereignet hatte, von dem ich nichts erfuhr, was ihr aber, wie ich glaube, den Kummertod gebracht hat. Sie kümmerte fortan bis ans Ende, während man mich, scheinbar zu ihrer Schonung, meistens außer Haus hielt. Ich erinnere mich nur, daß ihre Klagen in mir widerklangen, wenn sie am Klavier saß und ich denken mußte: aus dem Jammer bin ich selbst gewoben. Das war wohl in jener Dämmerstunde, von der du vorhin sprachst, und nun halte ich die Ohren steif und denke an meine Mutter – denn Vater *Zeigt das Telegramm* liegt auf dem verdächtigen Sterbelager.

GRUDE *nachdenklich* Aber Sedemund, was hat es mit den Gerüchten auf sich über dich selbst, oder besser über dich und die Deinen, die du um dich gesammelt hast?

DER JUNGE SEDEMUND Wenig genug, mein Lieber.

GRUDE Aber doch genug... was ist es z. B. mit eurem Adamismus, über den alle Welt lacht?

DER JUNGE SEDEMUND Ein übles Wort, Adamismus. Man hat es uns angehängt, und wir wollen es verantworten, wir Adamisten. Adam grub, heißt es in der Bibel, das will heißen, er grübelte nicht länger. Adam hatte auch keinen Papa, weißt du, keinen überkommenen moralischen Komment, sondern konnte seinem frischen Ursinn vertrauen, und so geben wir unsere Briefe heraus und lassen sagen von uns, was man will, nur lesen soll man uns danach.

GRUDE Ich kann mir die Gedanken deines Vaters darüber vorstellen, lieber Freund Adam. Nun, und was wissen die politischen Wickelkinder über sich zu sagen?

DER JUNGE SEDEMUND So nannte uns ein entfremdeter Freund, so verlachte er unser Geschrei als besinnungsloses Geplärr und verhalf dem, womit wir aus uns herausgingen, zu dem Geruch übler Kindlichkeit.

GRUDE Dein Vater muß sich sehr geehrt in seinem so verehrten Sohn fühlen! Vielleicht hat ihn das so sehr gekränkt, daß er zum Schein das Sterbelager aufsuchen mußte? Du wolltest doch hören, was ich von seinem Übel halte?

DER JUNGE SEDEMUND Du kannst recht haben. Übrigens will ich dir gern unseren ganzen Wickelkinderfall entwikkeln, wenn du willst. Unser Vorhaben ist höchst simpel. *Sie gehen langsam ab.* Wir inventarisieren uns und unsere Mitmenschen. Wir wollen, wenn schon neu geordnet werden soll, wenigstens erst einmal wissen, wie beschaffen das ist, das zu besserem Gedeihen geführt werden soll, damit es endlich keinen Hohn mehr bedeutet, wenn den p. p. Hochzeitspaaren auf die Seele gebunden wird: seid fruchtbar und mehret euch – wir...

GRUDE *zeigt auf das Tierzelt* Ihr müßt ihnen ein Kaffern-gewissen, wo nicht von Gestalt, so doch von Gehalt eines Löwen zur Aussteuer von Staats wegen einimpfen lassen.

Beide ab

CANDIDO FRANCHI *kommt eilig und trifft mit dem Flohzirkusbesitzer* RING *zusammen.*

RING Candido! Candido!

FRANCHI Nichts, nichts Herr Flohzirkus!

RING Warum brüllt er nicht mehr, der Schesar? He – ist das nichts? Es hört sich schrecklich an, kann ich dir sagen, mir geht's durch und durch, daß er so still geworden ist.

FRANCHI Waißt ese auch schon?

RING Kann man's lauter ausschreien, wenn's so mäuschenstill bei dir wird? Du kannst doch nicht für ihn brüllen, hast du einen Arzt dazu?

FRANCHI Kommt balde, balde, hat er gesagt, hat gleich gefragt, obe ich ihn gut versichert täte, dabei bin ich so erschrocken gewesen.

RING Na, in der Sterbekasse da ist er doch drin, was?

FRANCHI Freilich, freilich ist er drin, drin schon!

RING Ist alt, hat eine Mottenmähne, aber Zähne keine!

FRANCHI Immerhin, dich wie du bist, könnt er laichte schlukken, aber, obe er deine Gräten wieder auskacken könnte, waiß nicht – Herr Kolleg, mit waase futterst denn deine Flöhe, hast große Spesen davon?

RING *zeigt auf den Oberarm* Jede Woche zweimal pudelsatt.

FRANCHI Gibt's auch Dottore fürs Aaszeug, wenn ains der Beine bricht? *Beruhigt sich, zieht den Tabaksbeutel und stopft die Pfeife* Waase ich dir sage, vielleichte, wenn der Taback zu Ende vergeht, ist der Schesar aine Laiche. Sieh her, du Afe, sind noch 6–7 Pfeifen voll drin. *Legt ihm die Hand auf die Schulter* Nur niekse weiter gesagt, Herr Kolleg. Schesar ist wohl und schläft ause.

RING Gibst du ihm ein Klystier, macht er's wohl wieder ein paar Wochen weiter.

FRANCHI Hab kainen Spas mehr am Spaase. Armer Schesar, Dottor wird balde kommen. Willst ihn noch mal sehen? Komm ein.

Sie gehen ins Zelt.

GIERHAHN *und* EHRBAHN *als Schützenbrüder in grünen Joppen*

GIERHAHN Hast du ihm gesagt, Bruder Ehrbahn, daß der Bengel meine Brut ist?

EHRBAHN Keinen Namen, nichts als daß des Kindes Vater keinen kleinen Schilling Geld gibt. Er heißt übrigens Schaukelstrick.

GIERHAHN Schaukelstrick? Nanu?

EHRBAHN Ja doch, Bruder Gierhahn, er will's aber schriftlich machen.

GIERHAHN Hat Bange, daß ich ihn betrüge, der Bandit?

EHRBAHN Sei zufrieden, daß er das Kind anerkennt, er fragt nicht nach dem Vater, das ist ihm eklig egal, aber im Geschäft ist er genau. Wir sehen ihn im Schützengarten.

Beide ab.

Der TISCHLERLEHRLING *mit dem Sarg geht eilig vorbei. Der* GÄRTNERLEHRLING *mit dem Kranz trottelt heran.*

II. Bild

Schützengarten. Königsschuß in voller Glorie. Rechts geht es zu den Räumen des Wirtschaftsgebäudes, links verliert sich der Platz in Bäumen und Büschen nach dem Schützenstand, von wo Schüsse fallen. Schützen in grünen Röcken gehen ab und zu oder sitzen beim Bier an hölzernen Tischen. Nach hinten zu ist der Blick auf die Landstraße von einer dichten Hecke sowie höheren Bäumen behindert, doch sieht man durch Lücken hindurch Leute vorübergehen. Ein Zugang nach der Straße bleibt frei. MANKMOOS *drückt sich herum, zugleich kommt der* TISCHLERLEHRLING *von der Straße mit seinem Sarg heran und schreitet suchend zwischen den Bäumen durch. Im Vorübergehen fragt er* MANKMOOS.

TISCHLERLEHRLING Wo ist Tischler Teßmer?

MANKMOOS Wenn er hier nicht ist, ist er anderswo. – – Ich kann den Sarg nicht brauchen.

TISCHLERLEHRLING *stellt den Sarg ab* Aber ankucken können Sie'n gern, das kost nichts – bildschön, was?

MANKMOOS *wendet sich mit Würde ab.*
Der GÄRTNERLEHRLING *kommt.*

GÄRTNERLEHRLING Was, Hannes, wenn du deinen Sarg hier 'n büschen kühl stellen willst, dann kann ich dasselbe mit meinem Kranz tun. Ja, ja, kein Meister fällt vom Himmel – deinem gefällt es in seinem so gut, daß ihm nicht einfällt, daß das Kind zu dem Sarg noch fehlt. *Legt den Kranz nieder, sie setzen sich.*

Man sieht den verquasteten und mit Emblemen überladenen, schwarzverhängten Leichenwagen auf der

Straße vorbeifahren, voran turnierroßartig vermummte Pferdeköpfe über der Hecke mit nickenden Haarbüschen. Der Wagen hält so, daß man seine hintere Hälfte mit Rädern vor dem Eingang sieht. Leichenkutscher und Grabbesorger treten ein und setzen sich an einen Tisch im Vordergrunde.

KUTSCHER KARL Meine Frau hat mir's gesagt und ich sag's euch und nu wißt ihr Bescheid. Hat keiner was in der Pulle?

ERSTER LEICHENTRÄGER Du, alter Freund, mit deiner Pulle bist beim Grabe ganz dichte bei. Du solltest sehen, wie du dir'n kleinen Umweg ausklamüsterst, aber nee, du fährst Galopp und nimmst Richtwege.

KUTSCHER KARL Meine Frau hat's gesagt und dabei bleibt's.

ZWEITER LEICHENTRÄGER Lohnbesserung hin, Lohnbesserung her, so was will wohl überlegt sein. Deine Frau ist nicht meine Frau, und nu weißt du auch Bescheid.

KUTSCHER KARL *faßt den Kellner beim Rockschoß und drückt ihm die leere Pulle in die Hand* Voll – hörst? *Zu den Leichenbesorgern* Paßt mal alle genau Achtung. *Sie stecken flüsternd die Köpfe zusammen.*

FRANCHI *und* RING *treten ein und setzen sich nebenan.*

RING Na, Herr Kollege, ist die Pfeife ganz aus?

FRANCHI *wehrt mit traurigem Kopfschütteln ab* Iche bin ain armer Teufel, Freund, aber sei gut und sprich gut vom Schesar.

RING Aber was hilft dir das, Candido. Dein Schesar hat sich nicht lang besonnen und ist seiner Wege gegangen. Setz deine Pfeife wieder in Feuer, Freund, und schaff dir einen neuen Schesar an.

FRANCHI Das kannst du sagen, deine Flöhe, die zähmst du dir ause dem Nachthemd, aber mein Schesar war nie der erste beste.

GRUDE *und* SEDEMUND *treten ein und gehen auf und ab.*

MANKMOOS *wartet darauf, gesehen zu werden.*

GRUDE Na ja, das sehe ich, mit Politik hat deine Sache nichts zu tun, darin bist du unschuldig verrufen.

DER JUNGE SEDEMUND Nicht so ganz, mein Lieber, nur wagen wir uns seitwärts der üblichen Wege, unser Werk wird gleichsam durch die Nasen eindringen – Augen zuklappen, Ohren verstopfen, das gilt nun nicht mehr, Luft holen müßt Ihr, und darum sollt Ihr riechen, wie es um Euch steht.

Der Kellner hat dem KUTSCHER KARL *die Flasche gebracht. Er trinkt und reicht sie weiter.* MANKMOOS *schaut zu.*

KUTSCHER KARL Nanu, kuckt doch mal den an, wo hast du denn deinen Orden verdient, oller Knopp?

MANKMOOS *tritt näher* Den hat mir der Großherzog für 25jährige Zugehörigkeit zum Gemeinnützigen Verein geschickt.

KUTSCHER Für unnützliche Gemeinheit? Dafür kannst auch mal trinken.

MANKMOOS *trinkt* Ich habe nämlich heute noch nicht gefrühstückt.

KUTSCHER Aber dein Mittagessen hast doch binnen, was?

MANKMOOS Wer soll mir Mittag machen, wenn meine Frau tot ist?

KUTSCHER Deine Frau ist dod? Na, ich möcht auch lieber dod sein als deine Frau vorstellen. Ich will dir'n schönen Rat geben, laß sie bei Gierhahn und Ehrbahn begraben. Aber zahlen mußt du können, und nicht zu knapp – frag die ehrenwerten Herrn in Schwarz.

ERSTER LEICHENTRÄGER Meine Frau hat heut mittag Schweinebauch geschmort und das ist immerhin Gierhahn und Ehrbahnscher Schweinebauch gewesen, das kannst nicht abstreiten, Karl. Wenn deine Frau dir nichts Guts auftischt, dann liegt das wohl mehr an deine Frau als an Gierhahn und Ehrbahn.

KUTSCHER *gibt* MANKMOOS *die leere Pulle* Na, wenn du so

willst, dann wollen wir noch 'n Gierhahn und Ehrbahnschen Droppen trinken. Geh du hin un hol sie voll.

MANKMOOS *ab*

SEDEMUND *bleibt vor* GRUDE *stehen* Die Leute glauben nur ans Habeglück, sie sollen doch auch ans Gebeglück glauben lernen. Geben gibt Gnade. Sich selbst geben – die größte. Der Mensch ist so geartet: er giert nach einem Gut, einem Glauben, einem Altar, auf dem er sich opfern darf. Also: nur ein Ziel, einen Sinn, und der Mensch stürzt sich selbst verschwendend in Glück und Gnade. So – ohne Sinn und überpersönlichen Zweck gilt der ganze Aufwand dem Bauch und dem Beutel.

GRUDE Ums Himmels willen, denk daran, daß wir Königschuß haben, wenn du so weiter redest, wird man dich auch ins Narrenhaus bringen. *Er sieht* FRANCHI. Sieh da, mein Löwenpapa, der um seinen Wüstensohn Kummer leidet. Mit ihm muß ich ein paar Worte sprechen. *Gibt* FRANCHI *die Hand* Was macht der kranke Schesar?

SEDEMUND *sieht* MANKMOOS *mit der Flasche kommen und stellt ihn.* MANKMOOS *trinkt zerstreut einen Schluck nach dem andern.*

RING *für* FRANCHI O Herr, er ist uns entsprungen und nun sitzen wir auf einem Haufen zu grübeln, wie er wieder einzufangen wäre.

FRANCHI *sieht* RING *bekümmert an* Ache Gott, wo iche wollt, es wäre so! Heute abend, garantiert Herr, er säße zufrieden daheim im Käfig und sollte vor lauter Freude frisch Fleisch fressen. *Leise zu* GRUDE Aber leider, er springt niechte mehr: iche hab ihn schon abegezogen und zum Trocknen aufgespannt. Daase sieht mich nun so schrecklich natürlich an, daß es mir wollte das Herz schlimm machen, und da bin ich mit Ring ausegegangen.

GRUDE Und haben die Bude zugemacht?

FRANCHI Alles dichte, ganz dichte und auch Ring läßt seine Flöhe faiern.

GRUDE Ja, wenn er doch entsprungen wäre, würden wir nicht alle wie Flöhe entfleuchen?

FRANCHI *verächtlich* Iche nicht, Herr, müßt erbärmlich ungelehrt sain. Er kennte maine Stimme und waise, wie ich's maine. So Herr: Schesar, bist braf, braf, guter Schesar, denne so wird er blöd und dummerlich und denkt für sich: ist's so gemaint und waise nicht, ist es die Peitsche oder Pferdefleisch, dann tut er gut – o ja.

SEDEMUND *und* MANKMOOS *heran*

GRUDE *zu* MANKMOOS Haben Sie die Ohren gehörig aufgetan und gehört, wie man's macht? Sie können sich eine Belohnung verdienen. *Zwinkert mit den Augen gegen* FRANCHI.

FRANCHI *gefällig* Viele Geld, o ja, sehr viele.

MANKMOOS Ist es weit weg? Wenn es nicht zu eilig ist, müßt ich vorher essen. *Trinkt*

GRUDE Mensch, es ist ja vom Löwen die Rede, Sie sollen ihn beim Lappen kriegen und einliefern.

MANKMOOS Wie sieht denn der Löwe aus?

GRUDE Kennen Sie keinen? Wenn er durch die Büsche schleicht, ist's wie ein großer gelber Hund, einen großen gelben Hund haben Sie doch schon mal gesehen?

MANKMOOS Vorbei gelaufen ist mir schon mal einer. Aber wie soll ich es denn dann anstellen, soll ich ihn bloß so beistecken?

RING Paß auf, wenn er da kommt, dann schreist: Hu, Schesar, bist brav, bist brav, brav. *Zu* FRANCHI So ist's, was?

FRANCHI *nickt und lacht* Schrei mal.

MANKMOOS Hu, Scheisser, bist brav, brav, brav!

RING Nu weiter: dann greifst ihn am Schwanz.

MANKMOOS Aber wie soll ich an seinem Maul vorbeikommen?

RING Weil er sich umdreht und abgeht, er denkt, es gibt Schläge, siehst du, das denkt er. Aber du schlägst ihn nicht, sondern kneifst ihn am Schwanz, wo du seinen Puls fühlst, zu unterst am Quast, da geht ihm zu oberst am Maul die Luft aus, und dann leit'st du ihn vorsichtig heim. *Zu* FRANCHI Ist es nicht so?

FRANCHI Genau so, der Ring iste ain so guter Fachmann wie ich.

RING Wie sollen wir Löwen greifen, wenn wir keine Kunstgriffe haben?

MANKMOOS *sieht verstört um sich* Kann ich nicht vorher 'n büschen zu essen haben?

GRUDE Er soll zu essen haben.

MANKMOOS Eierrühr?

GRUDE Rührei macht einen rüstig und rührig – gut. Der olle Fritz fraß sich an Eierrühr seine berühmte Gockelgalle heran, das wissen Sie doch!

MANKMOOS Das weiß ich woll, also Eierrühr! Abgemacht!

GRUDE *bringt* MANKMOOS *zu den Grableuten und bestellt zu essen. Zwischendurch leise zu* FRANCHI Wollen Sie mir das Fell verkaufen, Herr Franchi?

FRANCHI Viellaichte – viellaichte nicht.

GRUDE Ich komme heut abend oder morgen bei Ihnen vor.

Der ANSTALTSWÄRTER *tritt auf.*

WÄRTER Herr Doktor lassen grüßen, und Herr Grude möcht sich erinnern, daß er das Wiederkommen nicht vergißt. Aber wenn Herr Grude noch nicht mit Frau Grude gesprochen hätten...

GRUDE Ja, ich muß mit meiner Frau sprechen, und dann habe ich auch noch einen kleinen Einkauf zu machen.

WÄRTER Dann ist es gut. *Ab*

DER JUNGE SEDEMUND Grude, Herr Waldemar, mein Onkel, ging draußen vorüber. Hier im Gedränge hat es keine Gefahr, daß er mich sieht, aber du begreifst wohl, daß ich mich doch nach mehr Schatten, als hier ist, umsehe.

Sie gehen seitwärts zwischen die Bäume.
ONKEL WALDEMAR *tritt suchend herein und steht am Tisch der Gierhahnschen Leute still.*

ONKEL WALDEMAR Geht Hä Gie'hahn nicht zum Schießen? Ich wah schon in seiner Wohnung, von wo man mich hiehäwies.

KUTSCHER Ja, Herr, wir sind bloß Gierhahn- und Ehrbahnsche Leute, wenn er hier so herum wäre, täten wir nicht hier sitzen. Mit seinen Leuten setzt Gierhahn und Ehrbahn die Beine nicht unter einen Tisch.

ONKEL WALDEMAR *späht umher.*
GRUDE *kommt mit absichtlicher Ahnungslosigkeit und will vorübergehn, sieht dann verloren* ONKEL WALDEMAR *an.*

ONKEL WALDEMAR Herr Gwude, wenn ich nicht iwwe?

GRUDE Ich bin's, Herr Sedemund, was steht zu Diensten?

ONKEL WALDEMAR Ich gin ganz übeuascht – ein ganz unvemutetä Zufall, Herr Gwude!

GRUDE Gewiß, Herr Sedemund, aber unvernünftige Leute wie ich lassen sich manchmal unvermutet finden, sehen Sie.

Er führt ihn im Gespräch nach vorn und stellt sich so, daß ONKEL WALDEMAR *dem Garten den Rücken kehrt. Er selbst sieht über Onkel Waldemars Schultern, wie* SEDEMUND *unbemerkt den Garten verläßt, es sieht aus, indem er durch den Eingang schlüpft, als verschwände er hinter den Vorhängen im Innern des Leichenwagens.* GRUDE *schlägt sich vor die Stirn.*

GRUDE Gott, Herr Sedemund, sind Sie für den Gang zum Grabe angezogen? Entschuldigen Sie die Frage.

ONKEL WALDEMAR Was ist Ihnen, Herr Gwude, ich wunde'e mich, wie Sie hier auf dem Fest flanieren dürfen.

GRUDE *feierlich* Ich habe Urlaub zur Beerdigung – aber Sie – Herr Sedemund – und wie kommt es, daß Ihr Bruder fernbleibt?

ONKEL WALDEMAR *verwundert und mitleidig lächelnd, als bedächte er, daß er's ja mit einem Kranken zu tun hat* Mein Bwuder, Herr Gwude, ist schwer, sehr schwer erkwankt.

GRUDE Und kann nicht kommen?

ONKEL WALDEMAR Naturgemäß nicht, Herr Gwude, aus welchem Anlaß, wenn ich fwagen darf, sollte oder müßte er denn kommen?

GRUDE O Gott, Herr Sedemund, wie können Sie nur so fragen!

ONKEL WALDEMAR Ich begweife ganz und gar nicht, Herr Gwude, was Ihre Worte vergegenwä'tigen sollen.

GRUDE Und Sie sind ganz ahnungslos – – Ihr Neffe, Herr Sedemund, sagen Sie, wo ist Ihr Neffe?

ONKEL WALDEMAR Mein Neffe Gähadd? Der wird morgen wo nicht heute wohl schon hie' sein. Wir äwarteten ihn wegen Erkwankung seines Vate's schon gestern abend – aber...

GRUDE *läßt ergeben die gefaltenen Hände sinken* Welch eine Verwirrung! *Gefaßt* Ist Ihr Herr Bruder sehr krank?

ONKEL WALDEMAR *zögernd* Er liegt auf Anordnung von Pwofessor Dwuckhammer zu Bett... allerdings befindet er sich...

GRUDE Und Sie haben selbst kein Telegramm bekommen? Mein Heiland, wie schnell muß das alles mit ihm, wie so schrecklich schnell, gekommen sein! Seine politischen Freunde haben es sich natürlich nicht nehmen lassen...

ONKEL WALDEMAR Hä Gwude, um Gotteswillen, was ist geschehen?

GRUDE *starrt in Gedanken vor sich nieder* Sehen Sie den Leichenwagen, Herr Sedemund?

ONKEL WALDEMAR Nein, nein, nein, das kann nicht sein, mein armer Bwuder, Herr Gwude, das, das das...

GRUDE Das ist fast zu schwer für einen Vater und Onkel wie Sie, Herr Sedemund, fassen Sie sich, seien Sie fest.

ONKEL WALDEMAR Gütigä Gott, o Gott – wie konntest du das geschehen lassen – und ich habe den hälichen Jungen so häzlich gähn gehabt. Wie verlässest du so f'üh Vate' und auch mich, du gutä, gutä Junge. Sie sehen, Hä Gwude, ich kann nur schlichte Worte machen –

GRUDE Getrösten Sie sich eines getreuen Gottes, Herr Sedemund. Aber wie wird der Vater sprechen, wenn es gilt, den Verlust des teuren Toten zu verwinden?

ONKEL WALDEMAR Ich muß ohn Zaudän zu ihm eilen.

Sabine *fährt, ihr Gefolge hinter sich, vorüber und sieht sich nach ihnen um. Sie drehen sich und schauen ihr nach und sehen dann prüfend einander an.*

Grude Herr Sedemund, das Begräbnis soll bestimmt in einer Stunde stattfinden. Wie denken Sie nun – soll ich dem Redner ein paar Worte über die Krankheit des Vaters Sedemund, der naturgemäß, wie Sie sagen, der Feier fernbleibt, zufließen lassen? Ein bündiges Wort: wie benennt Professor Druckhammer den bedenklichen Zustand Ihres Bruders? Ihr Name, Herr Sedemund, wird im Munde des Sprechers den mächtigsten Klang gewinnen. Wo ist der Vater, und warum weilt er nicht am Grabe eines solchen Sohnes: sehen Sie, das müssen die Herren wissen, die allem, was Freundessorge vorschreibt, sonst nachgekommen sind.

Onkel Waldemar Bestä Hä Gwude, Sie sind so sehr teilnehmend, Ihnen darf ich es, da die Dinge zu so twau'uigem Ende gelangt, schon sagen: mein Bwuder hatte bei jenem Telegwamm vor allem die Tendenz, seinen Sohn, der nach einstimmigem U'teil auf eine uns bloßstellende Weise bekannt geworden, wiedä ans Haus zu ziehen. Wir hö'ten, wie wahscheinlich Ihre Wiedähestellung im Sanatorium des Doktor Faßlich sei und hofften ihn anuegen zu können, sich mit gleicher Geduld unsewes armen Gähadd anzunehmen. Ganz unter uns, Hä Gwude – nicht wahr?

Grude Ganz und gar Herr Sedemund.

Onkel Waldemar Ihr Beispiel konnte Gähadd bestimmen, sich beweitwillig zu fügen, wo es doch sonst kaum ohne ein schmäzliches, aber gutgemeintes Zutun unseräseits abgegangen wäre.

Tischlerlehrling *und* Gärtnerlehrling *stehen auf und gehen mit ihren Sachen vorüber.*

Grude Mit Hilfe von Professor Druckhammer, nicht wahr – – ach, da ist ja der Kranz. *Zum* Gärtner Gut, daß Sie kommen, geben Sie her.

Gärtnerlehrling Denn bin ich ihn ja doch noch los geworden, ich dachte schon, er ginge als Ziegenfutter zugrunde.

GRUDE *bezahlt* Traurig, traurig, Herr Sedemund, aber wer weiß, ob wir ihn nicht glücklich schätzen sollen, daß es nicht noch schlimmer gekommen ist!

ONKEL WALDEMAR Mein Neffe war, unter uns, niemals nett mit mir. Wie sollte ich nun...

GÄRTNER *und* TISCHLER *ab*

GRUDE Pst, Herr Sedemund! Fürchten Sie nicht, daß er es versteht?

ONKEL WALDEMAR *blickt ängstlich auf* GRUDE.

GRUDE Er hörte nämlich immer sehr hell. Wie würden wir beide dastehen, wenn er sich ins Gespräch mischen wollte? Ich habe zur Not einen Kranz, um mein Gesicht dahinter zu stecken, – sehen Sie doch zu, daß Sie sich gleichfalls versorgen. Die Zeit ist kurz bis zum Begräbnis, bester Herr.

ONKEL WALDEMAR Ja, ich will eilen, gutä Gott, was wird mein Bwuder sagen.

GRUDE Sie gehen einen schweren Gang, gehen Sie ihn mit Gott.

Begleitet ihn zum Ausgang. Man hört in der Ferne eine heitere Drehorgelmelodie, und GRUDE *summt, wie sie neben dem Leichenwagen stehen, ein paar Takte mit.* ONKEL WALDEMAR *sieht ihn von der Seite an.*

GRUDE Sie wundern sich, Herr Sedemund, daß ich singen mag. Es hat keinen Anlaß in meiner Krankheit, vielmehr träumte ich heute nacht, ich schwämme mit dem gnadenvollen Gefühl bergstromstarker Gesundheit und unbändiger Heiterkeit in einem schnellstrudelnden Strom und sang dabei; das fiel mir bei dem Gedudel da hinten wieder ein. Wahrlich, ich sage Ihnen, es ist noch nicht des Tages Abend mit den Menschen. Nun, leben Sie wohl, auf fröhliches Wiedersehen.

Onkel Waldemar *ab*

Grude *geht lächelnd und pfeifend auf und ab. Während er zum zweitenmale nach vorn schreitet, schlüpft* Frau Grude *herein und steht, wie er umkehrt, vor ihm.*

Grude So, da bist du!

Frau Grude Sedemund schickte mich zu dir.

Grude Sedemund? Und du selbst – kommst du nicht deinetwegen?

Frau Grude Ja – auch. Aber zuerst muß ich Sedemund sagen, ob er sich wieder sehen lassen kann.

Sabine *fährt vorbei.*

Grude Hat er dir von dem fahrenden Sabinchen erzählt? Wo nicht, so frag ihn.

Frau Grude Wie kann ich ihn so nach seinen Sachen fragen, das muß er mir selbst sagen.

Grude Er spricht von ihr, als hegte er ihre Seele wie eine fromme Taube an seinem Busen. Was sagst du von ihr?

Frau Grude Das arme Ding.

Grude Warum arm, weil sie lahm ist?

Frau Grude *schüttelt den Kopf.*

Grude Weil sie keinen Mann kriegen wird?

Frau Grude *wie oben*

Grude Weil sie rasch welken wird?

Frau Grude *wie oben*

Grude Weil sie ein Hexlein ist mit einem Teufelchen verwachsen?

Frau Grude *wie oben*

Grude Nun, warum?

Frau Grude Weil sie ewig einsam bleibt, denke ich.

Grude Tut sie das? Da irrst du, sie hat einen guten Teil der

Welt zur Wahl. Sieh nur hin: Männerwelt umhüllt sie, hegt sie, hängt ihr nach.

FRAU GRUDE Aber Mutter, meine ich, wird sie nicht werden.

GRUDE Das weiß man noch nicht, und freilich wird es kein großes Glück für sie bedeuten.

FRAU GRUDE Und sie wird's kaum weiter zu erzählen wagen, wie ich.

GRUDE Du?

FRAU GRUDE Ja, ich hab's Sedemund erzählt, bevor ich's dir selbst sagen konnte. Er sollte doch sehen, daß ich kein Ding bin – keine Sache, denn das ist man doch nicht, wenn man so seltsam zu zweien ist?

GRUDE *schöpft Atem* Und was sagte er dazu?

FRAU GRUDE Was soll man dazu sagen, was frag ich danach! Da hört das Sagen auf. Du weißt es nun und es ist gut. Wenn es euch gelüstet, groß darüber zu sprechen, so tut es untereinander – ich bleibe nicht hier, ich schicke ihn her. *Ab*

> GRUDE *will ihr nach, kehrt aber um und geht wieder lächelnd und pfeifend auf und ab. Ein ärmlich gekleidetes 11–12jähriges Mädchen,* GRETE MANKMOOS, *kommt schüchtern und blickt suchend um sich. Wie sie ihren Vater bei den Grableuten sitzen sieht, bleibt sie stehen.*

GRUDE Suchst du jemand?

GRETE Vater.

GRUDE Wie heißt dein Vater?

GRETE Herr Schneidermeister Mankmoos. Mutter ist doch tot und Vater kommt nicht nach Haus. Ich habe schon lange sein Mittag fertig und er hat den ganzen Tag noch nicht gegessen.

GRUDE Er hat hier gespeist. Aber es wäre wohl gut, daß er ginge. Hast du noch Geschwister?

GRETE *lächelnd* Fritze, Walter, Maxing und Alize.

GRUDE Wer sorgt für sie?

GRETE Ich. Aber Tante will sich heute abend mal nach uns umsehen.

GRUDE Komm, wir wollen deinen Vater überraschen. *Sie gehen hin.*

MANKMOOS *dreht sich um und starrt sie an* Na Grete, bist du das?

GRETE Komm doch zum Essen, Vater, ich hab schon so vielerwo nach dir gefragt.

MANKMOOS Solltst mich bei mein büschen Essen hier man ganz zufrieden lassen, Grete. Paß gut auf Maxing. Weißt du nicht, wie leicht ihm wieder was passiert?

GRETE Ja, Vater, er hatte wieder so'n Anfall, aber jetzt schläft er wieder ganz schön, Alize sitzt bei ihm.

ERSTER LEICHENTRÄGER Menschenskind, so läßt du deine Kinder zusitzen?

KUTSCHER KARL Dumm Schnack, sie soll sich mit hinsetzen und zusehen, wie Vater frißt, das wird ihr gut tun.

GRUDE *geht wieder auf und ab, schüttelt nachdenklich den Kopf, halb lachend, halb ergrimmt* Ach wir Väter!

III. Bild

Wieder im Schützengarten, nur ist es etwas später, die Grableute sind noch beisammen. MANKMOOS *hat sich beiseite gesetzt und macht sich wichtig mit allerlei Schreiberei auf kleinen Zetteln.* GRETE *sitzt neben ihm. Der* WÄRTER *sucht* GRUDE.

KUTSCHER KARL *zu* MANKMOOS Mensch, mach doch, du drippelst ja die ganzen Bettelbriefe voll mit Nasendroppen. Das soll woll aussehen, als ob du dein Zeug mit Tränen getuscht hast?

MANKMOOS Bettelbriefe sind das? Ich will gar nichts geschenkt haben, man bloß einen kleinen Beitrag zu den Beerdigungskosten bitte ich mir bei meinen Kunden aus. Das geht nachher von der Lieferung ab, sie sollen mir man was tun.

KUTSCHER *stellt sich hinter ihn und will lesen.*

MANKMOOS Wenn Sie was Lustiges lesen wollen, dann lesen Sie lieber das. *Holt den Zettel von Onkel Waldemar hervor* Den Brief schickte mir Herr Sedemund, als er mir schon 'n Beitrag zu den Beerdigungskosten versprochen hatte. Na?

KUTSCHER *liest und schlägt mit der Faust auf den Zettel* Heiliger Hundedreck von ihre vornehmen Manieren! Da bleibt ja die Läuse die Luft weg, wenn sie sich auf den Lappen verlaufen. *Gibt* GRETE *zu trinken* Na drink mal, du, dein Vater hat schon genug davon, der muß sich auf seine fünf Finger verlassen und mit der Feder fummeln.

GRETE *nippt und hustet.*

KUTSCHER Hat's geschmeckt?

GRETE *nickt unter Tränen.*

KUTSCHER *streichelt sie* Bist viel zu schade vor son'n schimmligen Schinder von Vater.

GRUDE *und* SEDEMUND *aus dem Hintergrunde*

GRUDE Du, wir wollen uns niederlassen. Wir haben sonst so sorgenfrei zusammen gesessen – wie, willst du versuchen, ob es da drin irgendeinen guten Tropfen gibt?

DER JUNGE SEDEMUND *geht ins Wirtschaftsgebäude.*

GRUDE *zu* MANKMOOS Sie werden sich doch mit dem Löwen nicht lumpen lassen? Lieber tot als ein Luder, was? Wann kann's denn nun losgehen?

MANKMOOS Bloß einen Brief bräuchte ich noch zu schreiben, an Frau Dr. Schön, ob sie mir nicht auch einen Beitrag zu den Beerdigungskosten tun will.

GRUDE Immerzu, Mankmoos, machen Sie, daß Sie die Arme frei kriegen. Wollen Sie nicht 'n büschen Kaffee und Kuchen? Ihre Tochter kann's holen und holt auch was für sich. Einen großen Teller voll Kuchen, Grete. *Gibt ihr Geld* Und eine ganze Kanne Kaffee. GRETE *ab*

MANKMOOS Das kann ich beim Schreiben kauen, daß es nicht so lang mehr dauert.

GRUDE Aber wissen Sie, reden Sie nicht zu viel von der Löwengeschichte, sonst schnappt Ihnen irgendein Lump das schöne Geld vor der Nase weg. – Wenn wir und noch einige wenige es wissen, gut; aber wie gesagt, machen Sie sich nicht mit all und jedem gemein, Mankmoos.

Der WÄRTER *kommt.*

GRUDE *zum* WÄRTER Schönen Gruß an Herrn Doktor, und Herr Sedemund und ich, wir wären zusammengetroffen und wollten uns, um den schönen Abend zu genießen, besaufen.

WÄRTER Ja, Herr Grude, Sie haben immer zu viel gegrübelt, Sie kommen ja von Ihrem Grund nicht los, das ist das Ganze, warum Sie bei uns sind. Feiern sie die festliche Gelegenheit, und mir soll verlangen, was Sie dann für'n Gesicht machen tun.

Der alte Sedemund *und* Onkel Waldemar *in Schwarz mit Kränzen treten von der Straße aus herein. Zugleich tritt* der junge Sedemund *mit einer Likörflasche unterm Arm und Schnapsgläsern zwischen den Fingern aus der Tür. Sie erkennen sich von weitem und bleiben stehen, zu weit, um zu sprechen.* Grude *steht ungefähr in der Mitte.*

Onkel Waldemar Herr Gott, Herr Gwude, was ist das?

Grude Ich hoffe herzlich allerseits angenehme Überraschung!

Der junge Sedemund Grude, du Gauner!

Grude Was willst du? Es sah wirklich so aus, als wärest du kopfüber in den Leichenwagen gesprungen, und gegen solche Einflößung ist mein zerrüttetes Gehirn gewaltlos. *Nach rechts und links* Je mehr man sich wundert, desto offenbarer wird das Wunder für die Menge. Also ganz gemütlich zusammen an einen Tisch gesessen!

Der alte Sedemund *zu* Onkel Waldemar Alle Achtung, Waldemar, wie wir alt geworden sind! *Zu seinem Sohn* Ja, lieber Junge, da sind wir deinetwegen hergehetzt und wollten dich begraben helfen. Na – Gott sei Dank, Gott sei Dank! Weißt du, ich hasse das Begraben bei so viel Sonnenschein. Jede Laus lebt, so lustig ihre Natur es leistet – und ein Mensch soll hinunter?

Der junge Sedemund Du siehst, wir leisten uns hier im Schatten ein bißchen lausige Lustigkeit. Gott sei Dank, es reicht zur Not für vier, freilich, ein flaues Vergnügen, aberdoch – Gott sei Dank, Gott sei Dank – ein schaler Wermut, ein schäbiges Willkommen.

Der alte Sedemund Gerhard, ein bißchen simpler könntest du es sagen, wie? Ich sagte: Gott sei Dank, daß ich dich lebendig vor mir sehe.

Der junge Sedemund Gott sei Dank sagte die ältliche Dame auch, wenn ihr Ami leichteren Stuhlgang hatte. Immerhin, Vater, freue ich mich mit dir. Ganz wie die Frau in der Bibel, die den Groschen verlor und ihn wiederfand, wie du den ganzen Sohn und sparst einen guten Haufen Groschen fürs Begraben. Du siehst zugleich, wie richtig ich dein Telegramm erfaßte. Ich zagte nicht und zauderte nicht, sondern sagte zu mir selber: der Alte hat handfesten Humor und hänselt seinen Hans in einem weißen Sterbelaken.

DER ALTE SEDEMUND Ich weiß schon, Gerhard, ich versteh, du hast mich mit gleicher Münze ausgezahlt, bist ein echter Sedemund und läßt dich nicht lumpen. Komm nur zu Stuhl, das Stehen wird mir sauer, der Schreck ist mir in die Beine gefahren.

GRUDE *rückt Stühle an einen Tisch, man setzt sich und legt die Kränze auf den Nebentisch.*

GRETE *zu* GRUDE Fufzig Pfennig sind bloß über, so viel Kuchen hat er mir gegeben.

GRUDE Behalt das Geld, Grete, wenn dein Vater, Herr Schneidermeister Mankmoos, es erlaubt, den mußt du vorher fragen. Aber Grete, sei doch so gut und hol uns noch zwei solche Gläser, wir haben nämlich Besuch gekriegt.

GRETE *ab*

ONKEL WALDEMAR Dä Stweich kann Ihnen Gefängnis einbwingen, Hä Gwude!

GRUDE Ich sitze ohnehin – Sie sind also wohl der Ansicht, daß ich noch nicht so vernünftig bin, wie Sie dachten, Herr Sedemund? Die Kur hat noch immer nicht angeschlagen.

GRETE *kommt mit den Gläsern, knixt und geht ab.*

GRUDE *schenkt ein, zu* ONKEL WALDEMAR Gratulieren Sie also Ihrem gesunden Neffen, daß er nicht gleich mir Dr. Faßlichs Patient geworden. *Zu dem* ALTEN SEDEMUND Ein Glück, für das wir nicht dankbar genug sein können. *Zum* JUNGEN SEDEMUND Du warst nämlich auserwählt, nach eigener Wahl womöglich, sonst widerwillig, am selben Ort mit mir zu gesunden.

DER JUNGE SEDEMUND *zerrt an den Kränzen* So also war's gemeint! Und das sind meine Totenkränze und ich kann mich damit behängen, über jeden Arm einen: seht, so betrübte sich mein Vater über meinen Tod, mit Kränzen ist er bei der Hand, die Krankheit fiel von ihm zu seinen Füßen, und er stand auf und wandelte, statt zu seinem Grabe zu meinem Grabe... Wollen wir sie nicht Mutter widmen? Sie liegt so frostig in ihrem Prunkbegräbnis, ja, sie sollen Mutters sein, und du bringst sie ihr – von mir? Sterben wir in unserer Familie, ich meine die echten Sedemunds, leicht oder schwer?

DER ALTE SEDEMUND Leicht, Junge, leicht, schön sanft und schonsam für andere und uns selbst – und nobel begraben dazu, so halten wir's.

DER JUNGE SEDEMUND Mutter starb schwer, sieh mal, ich mag das leichte Sterben nicht, obgleich es bitter ist zu sterben wie Mutter, aber nobel war es, weißt du warum? Zoll für Zoll trat sie hinüber, es verbrannte alles in ihr, – schon hier, sie wollte als durchsichtige Seele drüben neu werden. Es war ein Selbstmord, indem sie sich so zurichtete, daß von ihr selbst nichts blieb. Warum tat sie das? *Unbehagliches Stillschweigen*

FRANCHI *und* RING *stehen auf und gehen langsam zum Eingang, an den Grableuten vorbei.*

KUTSCHER KARL *zu* FRANCHI Du, wenn dein durchgebrannter Tiger Roßfleisch frißt, mach ihn scharf auf die Pferde draußen vor den Leichenwagen, sind Gierhahn- und Ehrbahnsche Gäule, laß ihn sich 'n düchtiges Stück von ihre Beine abbeißen – – heda du, Menageriefritze, du bist gemeint!

FRANCHI *wendet sich ab und geht mit* RING *hinaus.*
KUTSCHER *springt wütend auf.*

LEICHENTRÄGER Er kümmert sich um nichts als um seinen Kummer, Karl, laß ihn laufen. *Zu* MANKMOOS Du wirst mir doch nicht weiß machen, daß du den Löwen hast lungern gesehen.

MANKMOOS So dichte bei, das hab' ich nicht gesagt, aber 'n büschen weiter weg, durch die Büsche hab' ich ihn streichen sehen, so wie 'n großer gelber Hund, ja gerade so sah er aus.

KUTSCHER *ist bis zum Eingang gelaufen, kommt zurück* Nu passiert was, Leute, paßt auf. Gierhahn und Ehrbahn kommt geraden Ganges auf den Schützengarten zu. *Trinkt* Sie müssen schon um die Ecke biegen.

GIERHAHN *und* EHRBAHN *gehen, wobei* GIERHAHN *nach der andern Seite sieht, dicht an den Leuten vorbei und setzen sich an den Tisch Franchis.* SCHAUKELSTRICK *kommt von der andern Seite.*

EHRBAHN Da kommt Schaukelstrick, Bruder Gierhahn, er will unterschreiben.

GIERHAHN Auch, daß er der Vater von dem Kind ist?

EHRBAHN Unsere Anstalten loben ihren Herrn – er unterschreibt alles.

GIERHAHN Das ist Schaukelstrick, Bruder? Hast du dir den Kerl mal näher besehen? Und dann sieh auch mich an – ich für ihn!

SCHAUKELSTRICK *setzt sich.*

EHRBAHN *mit dem Protokoll* Also beim Tanzen haben Sie die Mutter von dem Kind kennen gelernt?

SCHAUKELSTRICK Na ja, das kann so gehen.

EHRBAHN Und das Datum, damit ja alles klappt – September – Oktober – nein, Herr Schaukelstrick, passen Sie auf.

SCHAUKELSTRICK Nee, ich will nicht mehr, die Sache ist mir zu umständlich, viel zu umständlich, das ist ja mehr Arbeit als Vergnügen.

GIERHAHN *legt Geld hin* Und nu?

SCHAUKELSTRICK *streicht ein und kratzt sich* Aber das Vergnügen ist kurz und die Arbeit fängt ja schon wieder an.

GIERHAHN *schlägt mit der Hand auf den Tisch* Unterschreib, du Lümmel, oder ich dresch dich! Sind wir fertig, Bruder Ehrbahn?

EHRBAHN Wir sind zu Ende. Nun wird unterschrieben, Schaukelstrick.

SCHAUKELSTRICK Na Gott sei Dank. *Reibt sich die Hände*

GIERHAHN Mensch, was haben Sie für Dreckpfoten, waschen Sie sich erst mal, daß Sie das saubere Schriftstück beim Unterschmieren nicht beschmutzen.

SCHAUKELSTRICK *ab*

GIERHAHN Fällt dir nicht ein, Bruder, was das Göhr mal dazu sagen wird? Du machst ein stockdummes Gesicht dabei, das muß ich sagen. Immerhin ist es mein Jung und du hast in die Hände gespuckt und mit deinen Fingern meinen Jungen ins Drecknest gelegt.

EHRBAHN Aber zu deinem Nutzen, Bruder.

GIERHAHN Bruder hin, Bruder her, du hast es getan!

SCHAUKELSTRICK *zurück, unterschreibt und gibt* GIERHAHN *die Hand.*

SCHAUKELSTRICK Nun können Sie zufrieden sein, was ich unterschreib, das habe ich unterschrieben. Sind Sie eigentlich der Vater von dem Kind?

GIERHAHN Vormund, nicht Vater.

SCHAUKELSTRICK Das hab' ich noch nie gehört, daß einer so viel Geld bezahlt, um eine Vormundschaft los zu werden. Na, mir kann's egal sein, für wessen Vaters Kind ich Vater geworden bin.

GIERHAHN *faltet ingrimmig dreinschauend das Protokoll, steckt es ein und knöpft seine Schützenjacke darüber fest zu.*

ONKEL WALDEMAR *zu dem* ALTEN SEDEMUND Liebä Bwuder, antworte nicht, deines Sohnes Hand liegt hart auf dir. Ich muß nur ein paar Worte in Geschäften mit Hä'n Gie'hahn reden, dann gehen wir. *Geht zu* GIERHAHN

DER ALTE SEDEMUND *steht auf, sein Sohn folgt ihm und geht als stummer Begleiter an seiner linken Seite auf und ab.*

GRUDE *bleibt sitzen.*

GIERHAHN *zu* ONKEL WALDEMAR Es sind meine Leute, die da sitzen und saufen, und meine Pferde, die da in der Sonne stehen und dürsten, und mein Wagen, der heute nicht mehr gewaschen wird. Ich seh nicht hin, will sie nicht sehen.

KUTSCHER KARL Der Alte dreht seine verdammte Nase rechts ab, richtig, als wären wir ihm beim Ausspucken im Wege! *Spuckt aus, steht auf, stülpt den Dreimaster in den Nacken* Laßt euch die Zeit 'ne Zeitlang nicht lang werden, ich muß 'n büschen frische Luft schöpfen. *Geht auf die Straße hinaus*

ERSTER LEICHENTRÄGER Ich bin doch neugierig, was das da draußen für frische Luft sein mag. *Er steht auf und geht hinterher.*

Man hört halblautes Rufen und unbestimmte Geräusche. Dann erscheint, während die Leichenträger unruhig werden, der erste LEICHENTRÄGER *mit dem* KUTSCHER, *den er halb mit Gewalt hereinführt. Der* KUTSCHER *sträubt sich, ohne Hut, mit blutigen Händen und greift nach seinem Messer, das sein Kamerad im ausgestreckten Arm hält.*

LEICHENTRÄGER *beschwichtigend* Nichts, gar nichts, Kinder, bleibt ruhig hinter eure Gläser sitzen. *Zum* KUTSCHER Was hat dir Biest die arme Bestie getan! Nimm dir zusammen, denn da sitzt ja doch dicht bei der Olle.

KUTSCHER Scheiß dir an, du oller Esel mit deinen Ollen! Gib's Messer her! *Greift nach dem Messer*

LEICHENTRÄGER Nu kommt man lieber ran und klappt mal erst das Messer zu. *Wirft das blutige Messer zu Boden. Sie umringen die beiden, man hört halblaut, aber deutlich genug* Er hat die Pferde ihre Ohren abschneiden wollen, der Schinder, sie bluten über die schwarzen Laken weg.

Zusammenlaufen

Gierhahn *geht in krampfhafter Grandezza hinzu. Halberstickt* Ist das der Dank dafür, du Schlingel, daß ich dir zehnmal verziehen und dich versorgt habe? Hab' ich dir nicht hundertmal gesagt, das soll nun das letztemal sein? Muß ich dich eigenständig aufhängen, daß du aufhörst, mir das Leben zu versalzen? *Packt ihn, als wolle er ihn erdrosseln.*

Lärm und Verwirrung, beide Sedemunds bleiben abseits stehen.

Der alte Sedemund Hörtest du, was Onkel Waldemar gottlob genial wie immer, sagte: deine Hand liegt hart auf mir, die Hand meines Sohnes?

Der junge Sedemund *zeigt die Spitze des kleinen Fingers* Soviel – nur soviel wirkliche Wahrheit, ein einziges Wörtchen Wahrheit, nichts mehr! Warum mußte Mutter Selbstmord begehen?

Der alte Sedemund Wieso Selbstmord? Übrigens, findest du nicht, daß deine Rede etwas von der unaussprechlichen Suade Onkel Waldemars hat – Nein? Nun – nichts für ungut. Also: sie trat Zoll für Zoll hinüber, um ganz rein zu sein? *Halb für sich* Könnte man nicht sagen, sie starb einen freiwilligen Feuertod, ging durch ein selbstentfachtes Fegefeuer ins Jenseits?

Der junge Sedemund Es geschah, als ich ausgetan war, daß du gefährlich erkranktest, Professor Druckhammer behandelte dich aus der Ferne und Onkel Waldemar war das, als was er sich heute bewies, Bruder und Beistand. Was sich damals begab, Vater, das hat Mutter betroffen, das hat sie beleidigt, bekümmert, darum hat sie sich ins Grab gegrämt.

Der alte Sedemund *halb bittend* Sie starb an ihrer Krankheit, Gerhard! Freilich schwer und schmerzhaft und trug ihr Leiden mit mehr Würde, als ich vermocht hätte. Du findest für dies alles eine echt Sedemundsche Formel, nicht umzubringen, fürcht' ich, glimmt zäh wie Zunder.

Der junge Sedemund So gerade könnte es auch Onkel Waldemar sagen – das wäre also nun die Wahrheit?

DER ALTE SEDEMUND *zuckt die Achsel.*

DER JUNGE SEDEMUND So wahr, daß du von hier mit den Kränzen zum Grabe gehen könntest? Sagst du wieder nichts?

DER ALTE SEDEMUND Verdammt – – ja. Geh selbst hin und sieh, daß ich gehe.

Das Gedränge um den KUTSCHER *dauert an. Man sieht* GIERHAHN *mitten im Haufen.*

GRUDE *steht auf, zu einem* SCHÜTZEN Wissen Sie Bescheid, warum der Mann so wütend ist?

SCHÜTZE Auf jeden Fall ein bedenklicher Bockmist von Balgerei.

GRUDE Weiter nichts? Ich dachte, es wäre wer dem Löwen in den Weg gelaufen.

SCHÜTZE Was für ein Löwe?

GRUDE Wissen Sie nicht, daß einer ausgebrochen ist? Gestern hörte man ihn bis hierher brüllen. Heute den ganzen Tag hat's schon gehießen: warum brüllt er nicht? Hören Sie ihn, bitte? Aber man schweigt am besten still, sonst hat am Ende die Festfreude vorzeitig ihr Ende.

SCHÜTZE *eilig ab.* MANKMOOS *kommt mit mehreren Briefen.*

GRUDE Unglücksmensch, Sie haben einen Riß im Sack und nun ist das ganze Geheimnis herausgerutscht. Es ist so gut wie ausposaunt, aus der Kanone geknallt.

Es sammeln sich Leute.

MANKMOOS Es wollte ja doch keiner glauben, da hab' ich mich auch nicht mehr ums Geheimnis gekümmert.

GRUDE Der ganze Königsschuß kann verkrachen, wissen Sie das? Schreien Sie, so laut Sie können, daß Sie keinen Schwanz gesehen haben, viel weniger einen ganzen Löwen.

MANKMOOS *laut* Ich hab' mich überhaupt nicht danach umgesehen, es ist mir viel zu gefährlich, ihn einzufangen. Was bin ich bei solche Beine für ein Löwenjäger!

STIMME *von hinten* Was ist los?

GRUDE Ein Löwe soll ausgebrochen sein, aber ich glaub, es ist gelogen.

Der Lärm um den Kutscher hat Menge herbeigelockt. Die Legende vom Löwen umfängt sie und breitet sich aus. Der WÄRTER *kommt dazu.*

WÄRTER Herr Grude, ich glaube, Sie wollen nun doch lieber mitgehen, ich für mein Teil denk mir, das Saufen hat an dem Löwen mehr Schuld, als der Löwe selbst. *Legt die Hand auf seine Schulter*

GRUDE Was der Löwe kann, kann ich auch, Hui! *Entspringt*

WÄRTER *lacht* Man möcht meinen, er hätt ihn selbst losgelassen, der dolle Herr Grude. Ist sonst ein famoser Kerl, aber man kann nicht so schnell klug aus ihm werden, wie sonst bei Verrückten.

STIMME Wenn Sie einen Verrückten loslassen, ist es kein Wunder, wenn der Verrückte den Löwen erlöst.

WÄRTER *zeigt auf* MANKMOOS Da steht der Mann, der kennt Parole und Feldgeschrei, da fassen Sie man feste zu, er hat den ganzen Nachmittag das Lied vom Löwen geleiert.

MANKMOOS Ich – ich muß nach Haus, da ist bei meiner toten Frau niemand sonst als sie selbst und die Kinder. Grete, wo bist du?

GRETE *im Gedränge* Hier, Vater!

EIN SCHÜTZE *hält* MANKMOOS *fest* Still gehalten, Rede gestanden, Sie Nachttopf!

MANKMOOS Fragen Sie den verrückten Herrn Grude, der weiß alles, ich – ich hab' gehört, wie er selbst sagte, daß der Löwe gerade aussieht, wie ein großer gelber Hund. *Will sich losreißen, die Briefe entfallen ihm und werden zertreten* Au wei, au wei, nun haben Sie mir aber den abgerissen, Sie, suchen Sie mal, seien Sie so gut, sonst kriegen Sie's mit 'm Großherzog zu tun, meinen Orden, meinen schönen Orden!

SCHÜTZE *läßt los* Ich habe, offen gestanden, keinen Orden gesehen. *Scharrt im Staub* Oder sollte es das da sein, Deuwel auch, da ist er! *Hebt den Orden auf* Mein Name ist Mamerow, es tut mir entsetzlich leid, entschuldigen Sie bloß!

MANKMOOS Vollständig zerschrammt! *Putzt ihn* Sie Spucknapf Sie, wissen Sie nu, was Sie sind? Sehn Sie mal, quer übern Großherzog sein Gesicht geht 'n dicker Strich. Haben Sie wenigstens eine Sicherheitsnadel bei sich?

EIN AUFGEREGTER SCHÜTZE *drängt sich durch die Menge* Wenn der Mann 'nen Orden hat, hat er auch was Ordentliches zu bedeuten. Erst fangen wir den Verrückten wieder ein, und der Mann soll die Schützen führen. Seine Frau kann dann immer bei kleinem auch noch begraben werden. *Laut* Schützen an die Gewehre!

IV. Bild

Ein Budenplatz, rechts begrenzt von der Andeutung eines kleinen Karussels, links eine Schießbude mit lebensgroßen hölzernen Türken zu beiden Seiten des Einganges. Einige Krambuden sind in die Ecken gedrängt. Es dämmert. Man sieht Spuren, daß der Platz schnell geräumt ist. In der Ferne Drehorgelspiel, das sich langsam nähert.

GRUDE *noch immer in Gehrock und mit Zylinder, trägt ein großes Bündel unterm Arm, das Löwenfell. Er steht auf dem Platze still, schaut sich um, rollt das Fell auf und hebt es mit beiden Händen hoch* Armer Schesar! Aber so geht's – wo keine Furcht bildet, muß ein Bild schrecken. Wer das stille sanfte Säuseln nicht hört, dem muß man mit Donnern und Hörnern ins Ohr trompeten. Dicke Kanonen sind zeitgemäß in dieser mäßigen Zeit. *Sieht sich um* Sieh an, Schesar, wie sie vor dir davon gescheest sind. Alles leer. Dein Herr, Schesar, machte in dieser kurzen Zeit ein paar Flaschen so leer, daß ihm geholfen ist, er hat vollen Trost für heute!

Er vertauscht seinen Zylinder mit einem Schlapphut, der am Boden liegt, zieht statt des Gehrockes eine leinene Jacke an, die er auf dem Tisch der Schießbude findet, rollt das Fell wieder zusammen und verstaut es im Innern der Schießbude, unter dem Tisch.
Zwei Männer kommen vorsichtig um die Ecke und nähern sich der Mitte des Platzes, stehen still und horchen. Sobald sie aber die Töne hören, die Grude im Dunkel der Bude verursacht, laufen sie wieder zurück. GRUDE, *wie er die Schritte der Laufenden hört, duckt sich und hält sich einige Zeit still. Indem kommt*

ein Dieb, *der schwer an einem Bündel schleppt, das er einen Augenblick absetzt.*

Dieb Ich bin der ehrlichste Mensch von der Welt. Niemand hat was gesehen, und solange ich allein weiß, was geschieht, wer will dann sagen, was geschehen ist? Solange mein Ruf gut ist, kann ich mit mir zufrieden sein.

Stöbert umher und rafft aus den Buden allerlei Kram zusammen, bindet ein zweites Bündel, das er am ersten mit einem Strick festknotet.
Grude *rüttelt an einer der Figuren der Schießbude und wirft sie um. Der* Dieb *will entfliehen, kann aber die Bündel nicht mehr tragen und läßt sie endlich im Stich.* Grude *tritt heraus.*

Ein Herr *will über den Platz gehen* Haben Sie nichts gesehen?

Grude *zeigt, wohin der Dieb gelaufen ist* Da ist er hingelaufen.

Herr *grüßt durch Hutabnehmen und kehrt schnell um* Danke sehr. – *Ab*

Grude *wälzt die Bündel neben die am Boden liegende Holzfigur und bedeckt sie flüchtig, so daß man denken könnte, es läge ein Toter am Boden. Tritt, da man Schritte hört, in den Schatten der Schießbude.*
Sabine *mit dem Wandervogel* Susemihl

Susemihl Wollen Sie noch immer weiter, Fräulein Eberstein? O Gott!

Sabine Haben Sie Angst, Herr Susemihl, Sie spielen ja gar nicht mehr auf Ihrer Laute?

Susemihl Ja, aber nur, weil ich schieben muß und nicht, weil ich mich fürchte, nein gewiß nicht. Aber scheint es Ihnen hier ganz geheuer – ich meine Ihretwegen?

Sabine Sehen Sie mal zu, was da liegt.

Susemihl Wo, wo?

Sabine Links vor Ihnen, ist es nicht eine Leiche?

SUSEMIHL Leiche? Lieber Gott, ja, da wäre es wohl das richtigste, ich liefe auf die Polizei um Hilfe.

Er läßt die Laute fahren und entweicht.

SABINE *allein auf dem Platz im Rollstuhl, sieht unruhig hinter sich und murmelt endlich* Lieber – lieber Teufel, komm und hilf mir – hilf – aber Kinder wollen wir keine kriegen.

GRUDE *tritt von hinten heran* Was er kann, kann ich auch, Sabine.

SABINE *hastig herum* Was willst du hier?

GRUDE Helfen, Sabine, sei getrost. *Er zieht das Tuch von der Figur.* Hier sind keine Leichen, wir leben und wollen uns liebhaben. Hilfst du mir, so helf ich dir, Sabine.

SABINE Woher wissen Sie, wie ich heiße?

GRUDE Das sieht man, daß du Sabine heißt.

SABINE Ich heiße aber anders, es geht Sie nichts an, wie.

GRUDE Dann bist du eben meine liebe Sabine. Willst du nun den Löwen sehen?

SABINE Ist da wirklich einer?

GRUDE Wo Teufel sind, können auch Löwen sein. Ich glaubs, hilfst du mir glauben, so ist es so gut, als wäre er wirklich.

SABINE *schüttelt den Kopf.*

GRUDE Aber der kopflose Ohnehut hatte ihn schon im Leibe, den Löwen, und schon andere stecken voll von ihm – und wo war er? Weit weg und nur nah gedacht!

SABINE Was soll ich auch mit ihm? *Die Drehorgel kommt näher.*

GRUDE Hast du die Liebe des Löwen in dir, des guten Löwen, dem der Wüstenlöwe bloß die Majestät nachäfft, gegen den ein lebendiger Löwe bloß ein Affe ist, also des guten, wahren, einzigen, dann, ja dann...

SABINE Was dann?

GRUDE Dann sperrt er seinen Rachen in deinem Innern auf und frißt dich mit Haut und Haar und macht dich zum Teil seiner Majestät. Ohne Löwen, liebe Sabine, ist man lieb- und leb- und lustlos. Willst du mir nicht helfen, den Löwen zu hetzen, wo nicht den guten, so doch den Affenlöwen, auch genannt Kafferngewissen?

FRAU GRUDE *und* SEDEMUND *kommen.*

FRAU GRUDE *sucht und will vorbeigehen, als sie ihren Mann erblickt* Du – es heißt, du hast das Tier befreit; sie hetzen hinter dir her.

SEDEMUND *tritt zu* SABINE, *damit die beiden andern ungestört sprechen können. Sie mustert ihn verstohlen; er bekundet mit Gebärden seine Bereitwilligkeit, ihr gefällig zu sein. Man sieht seiner ungelenken Galanterie an, daß er von einer Art frommer Scheu befangen ist.*

GRUDE *zu* FRAU GRUDE Sie sollen lieber den Löwen jagen, statt des Karnickels – – und was denkst du davon?

FRAU GRUDE Es sieht dir ähnlich genug, Grude.

GRUDE Es ist auch richtig, soweit sie überhaupt recht haben. Wo geht ihr hin?

FRAU GRUDE Einerlei wohin – – wir gehen gleich.

GRUDE Kannst du mir sagen, wo sie sind, die mich hetzen?

FRAU GRUDE Sie gehen in Gruppen, einige kommen nicht weit hinter uns, andere sind zum Kirchhof; da, heißt es, hält sich der Löwe versteckt.

GRUDE *mit Blick auf* SABINE Wolltest du sonst noch etwas?

FRAU GRUDE *schüttelt den Kopf* Ich habe nichts gegen sie, aber sie pomadisiert und parfümiert sich dazu – Reseda und Patschuli, ein gräßliches Gemenge.

GRUDE Du hast recht: sie ist ein armes Ding, und weißt du, sie will wirklich nicht einmal Mutter werden. Sedemund soll für euch sorgen, solange der Spaß sich hinzieht.

FRAU GRUDE Für uns, sagst du, soll er sorgen?

GRUDE Unbesorgt, er tut es gern, er wird euch hüten wie ein himmlisches Geheimnis, das ihr seid, gehegt werden muß. *Er geht wieder zu* SABINE.

SEDEMUND *und* FRAU GRUDE *ab*

SABINE War das Ihre Frau?

GRUDE Frau? Was gehen mich die Frauen an, liebe Sabine, was frag ich danach, frag du mich auch nicht.

SABINE Sie wird mich umbringen.

GRUDE Keine Angst, denk an den Löwen. Liebst du den Löwen, so liebst du mich. Mich hat er im Rachen und beißt, und man weiß nicht, bin ich noch ich, oder schon er? Das ist das Lange und Breite von mir, liebe Sabine, so ist das wahre Leben: ein Freßprozeß, ein Verwandlungs- und Verdauungswunder, und wer weiß, was sonst noch!

Eine Patrouille von drei Schützen kommt und macht Halt.

Der DREHORGELSPIELER *biegt um die Ecke, setzt die Orgel nieder, schneidet sich ein Stück Priem ab und schiebt's in den Mund.*

ORGELSPIELER Ach, ich kann mir denken, die Herrn sein hintern Lewen her.

ERSTER SCHÜTZE Haben Sie vielleicht einen Mann im Zylinder und im schwarzen Rock gesehen – nicht?

ORGELSPIELER Ja freilich, schon efter.

ERSTER SCHÜTZE Aber heute abend noch nicht, nicht wahr?

ORGELSPIELER Hett'ch gewußt, es wird so eener gesucht, hett'ch uff'm acht gegäben. Aber was soll ich denn bestellen, wenn er mir noch vorbeerennt?

ERSTER SCHÜTZE Was da bestellen! Er soll aufgehoben werden, er hat den Löwen losgelassen – er ist nicht bei Trost – zum Teil – nicht?

GRUDE Wenn es einer mit einem Spitzbart war, so einen hab' ich laufen sehen, weiß Gott wohin – – aber in der Richtung zum Kirchhof gewiß. Zylinder, das stimmt, in Schwarz auch, aber den Spitzbart kann ich nicht beschwören.

ERSTER SCHÜTZE Was machen Sie denn hier?

GRUDE Na, sehen Sie denn nicht? Ich fahre das Fräulein, das hier nämlich stehen geblieben ist, als alles ins Rennen kam.

ZWEITER SCHÜTZE Was bedeutet denn das da am Boden?

GRUDE Nichts weiter als der zweite von den beiden, oder der erste, wie man's nimmt. Wenn Sie aber mal ein bißchen das Karussel verkundschaften wollen – was? Da im Dunkeln drückt sich was rum, hab ich schon ein paar Mal denken müssen.

ERSTER SCHÜTZE Mir will nämlich auch vorkommen, als wiegt sich das Gestänge mitsamt den ganzen Gäulen. *Zu* GRUDE Was meinen Sie?

GRUDE *deutet auf* SABINE Das Fräulein hat schon ein paarmal über die Schulter hingeschielt, und dabei bin ich auch scheu geworden.

SABINE *hält sich die Ohren zu* Ich höre ihn schon brüllen.

ERSTER SCHÜTZE Ja, was machen wir da, nicht wahr? Marsch, drauf los?

ZWEITER SCHÜTZE *bedächtig* Patronen haben wir wohl bloß ein paar mit? Habt ihr welche, gebt mir was ab.

DRITTER SCHÜTZE Mein Gewehr ist geladen, aber weiter kann ich keinen Schuß tun.

ERSTER SCHÜTZE Ich auch nicht.

SABINE Wenn geschossen wird, krieg ich Krämpfe, ich höre deutlich Schnaufen und Scharren.

ZWEITER SCHÜTZE Leute, ich will euch was sagen: soviel Schützenkurage, wie zum Löwenschießen zu gehören scheint, hab' ich nicht. Dann häng' ich lieber den grünen Rock an den Nagel. Macht, was ihr wollt, ich will keine Komödie spielen.

ERSTER SCHÜTZE Schäm dich, so was sagst du so ruhig und grade raus? Nicht? Ich werde Ihr Verhalten vorbringen, das lassen Sie sich gesagt sein. Kein Schützenbruder kauft mehr bei dir, das sollst du merken.

ZWEITER SCHÜTZE Ich trete aus. Blas deine Töne selber, ich blas nicht mit, und niemand kann verlangen, daß ich in die Posaune stoße, wenn ich dazu keine Puste habe. Wenn das Fräulein mit will, gut und gern, dann will ich sie heil heimbringen, sonst geh ich allein.

SABINE *schüttelt den Kopf.*
ZWEITER SCHÜTZE *ab*

GRUDE Das sag ich auch, wenn man schon Angst hat, soll man's wenigstens verhehlen.

ERSTER SCHÜTZE Ein ordentlicher Schütze soll überhaupt keine Angst haben, nicht?

GRUDE Brav gesprochen, und was denken Sie nun zu tun?

ERSTER SCHÜTZE Mit meinen zwei Gewehren kann ich den Gegner nicht angreifen. Worum sich's noch handelt, ist einzig und allein, ihn festzustellen.

ORGELSPIELER Wie wärsch denn, wenn Se mich mit meine Orgel rinpfeffern lassen täten? Wenn ich de Kurbel riehre, das verträgt die Karnallje nicht, da kenn' Se Gift druff nähm.

GRUDE Ich glaube, er hat recht.

SABINE Ich auch.

ERSTER SCHÜTZE Ich auch. Dann marschieren Sie mal zu und lassen Sie Ihre Donner los, nicht?

ORGELSPIELER *spuckt aus* Na, eener von die Herrn Schitzen wird mir doch's Geleite gäben tun?

BEIDE SCHÜTZEN Gewiß, versteht sich. *Sehen einander an*

ORGELSPIELER Na, denn marsch annawang' *Dreht um und marschiert mit Musik gegen das Karussel*

Die SCHÜTZEN *gönnen einander den Vortritt so sehr, daß schließlich keiner mitgeht. Vor dem Karussel steht der* ORGELSPIELER *still.*

ORGELSPIELER Se kenn nu ganz ruhig nachricken, hier is nischt drin zu sähn, als was allemal drin is.

ERSTER SCHÜTZE Ich wußte es von vornherein und hab' gleich nicht geglaubt, daß was anderes dabei herauskäme, nicht?

DRITTER SCHÜTZE Ich auch.

SABINE Ich auch.

GRUDE Und ich wette, der Mann hat's selbst nicht geglaubt, wo will der so viel Kurage herkriegen!

ERSTER SCHÜTZE Wenn Sie wissen, daß da kein Löwe ist,

warum machen Sie uns hinterher scharf auf das Tier, nicht?

GRUDE Wenn Sie glauben, daß da keiner ist, warum gehen Sie nicht heran? Was werden Sie alles über Ihren anderen Kameraden reden; hat er nicht mehr Mut gezeigt als Sie, denn er blieb so lange ruhig da, bis sein Spiel aus war – er glaubte an den Löwen.

ERSTER SCHÜTZE Ich auch, damals dachte ich auch, es säße was drin.

DRITTER SCHÜTZE Ich auch, damals dachte ich's auch.

SABINE Ich auch.

ORGELSPIELER *kommt heran* Und ich, ich gloob's noch! Ich wollt die Herrschaften und das Freilein nur nich erschrekken, darum hab' ich gesagt, ich seh nischt, aber geheert hab ich doch was, denn in'n Dustern da kann eener immer besser heern als sehn, sehn Se. Da is een dichtger Zahn an der Orbeet, das glooben Se man, da frißt een Maul, dem's eenerlei is, ob er uff Knochen oder Fleesch beißt. Das Freilein hat schon ganz recht geheert. *Zum ersten Schützen* Na, gehn Se man ran, das kann Se nu nich vill mehr schaden, er hat's Maul voll und wird nicht gleech den Zweeten anbeißen.

Die SCHÜTZEN *sehen sich an, der* ORGELSPIELER *zwinkert* GRUDE *zu.*

GRUDE Ja, wenn Sie's sagen, muß ich's, mag ich mögen oder nicht, doch wohl glauben.

SABINE Ich auch.

DRITTER SCHÜTZE Ich auch.

ERSTER SCHÜTZE *faßt sich ein Herz und geht halbwegs zum Karussel, kehrt schnell wieder um* Ja, die Sache hat ihre Richtigkeit, ich habe den Löwen festgestellt. Er liegt im Dunkeln, ich habe sogar seine feurigen Augen funkeln sehen. Man riecht's auch.

GRUDE Ganz wie Patschuli und Reseda, ich riechs auch.

ORGELSPIELER Ich ooch.

SABINE Ich auch.

Der Besitzer des Karussels, einen Wassereimer in der Hand, sauersehend, kommt gemächlich gegangen. Wie er die gestürzte Holzfigur sieht, setzt er den Eimer ab und richtet die Figur auf.

KARUSSELBESITZER Gehen Sie ruhig nach Haus, der ganze Halloh hat sich da hinten hingezogen. Nach dem Kirchhof zu, und Polizei ist auch schon da, Gott sei Dank, und nicht zu knapp. *Will zum Karussel*

ERSTER SCHÜTZE Ich mache Sie darauf aufmerksam, daß Sie sich einer Lebensgefahr aussetzen, wenn Sie näher herantreten. Ich bin nämlich nahe beigewesen und habe mich überzeugt, daß der Löwe auf der Lauer liegt, nicht wahr?

BESITZER In meinem Etablissemang? *Greift nach dem Eimer* Denn wird's die höchste Zeit, daß aufgeräumt wird. *Betritt das Innere des Karussels und beginnt zu kramen. Hinter den Pferden hervor* Wenn das eine Überzeugung von Ihnen selbst ist, wovon Sie überzeugt sind, dann möchte ich das Zeugungsglied sehen, das Sie bei der Zeugung strapaziert haben.

GRUDE *faßt die am Boden liegende Gitarre und zupft unharmonische Töne*

Da war ein Schweineigel – Schweineigel – drin
Und fraß Freßreste, Spickaalköpfe und wer weiß was.
Wer hat sein Löwenauge funkeln sehn?
Wer sah mit Mut die Stachelmähn' im Dunkeln wehn?

SABINE *lacht, der* ORGELSPIELER *dreht ein paar Male die Kurbel.*

GRUDE
Die Ohren auf und frisch!
Die Klimperdose gezwackt.
Die Nasen zu, wenn das
Schützenherz in die Hosen sackt.
Ihr wißt: der Schütze ist kein Frosch,
Sondern ein Ritter ohne Furcht und zang Reprosch,
Freßreste, Spickaalköpfe stinken stark,
Doch hat Odör und Duft des Schützen Mark und Quark.

Zum ERSTEN SCHÜTZEN Mensch, riechen Sie noch nichts? Es stinkt, Mensch, aber nicht mehr nach Löwen, sondern menschlicher. Werden Sie Ihr Verhalten auch vorbringen, soll ich's noch einmal bebänkelsängern?

SABINE *lacht,* ORGELSPIELER *dreht.*

ERSTER SCHÜTZE So was ist mir in meinem ganzen Leben noch nicht passiert, nicht?

DRITTER SCHÜTZE Meinst du, mir?

ERSTER SCHÜTZE Wollen wir den Kerl wohl verhaften, Bruder?

DRITTER SCHÜTZE Na, weißt du, Bruder, der Kunde hat ein Löwenmaul, und wenn die Sache zum Schwur kommt, leckt er uns leicht das Fleisch von den Knochen. Da laß die Hand lieber los! Was der da in seiner Dummheit gedröhnt hat, hab' ich mir in meiner Dämlichkeit auch schon öfter gestanden. Ich will mal genau zuhören, was ich mir selbst rate, ob ich den grünen Rock nicht auch an den Nagel hänge. *Geht ab*

ERSTER SCHÜTZE *ruft hinterher* Dein Verhalten wird auch vorgebracht, verstehst du? *Zu* GRUDE Mit solchem Käsehöker, wie Sie, lohnt es nicht, sich einzulassen. Also kehrt marsch! *Ab*

GRUDE *zum* ORGELSPIELER Sie geborener Löwenjäger Sie! Verraten Sie das Fräulein nicht; es fährt flott mit auf die Löwenjagd und fühlt sich im Schutze Ihrer Donnerbüchse wohlbehütet. Leisten Sie uns also lustig Ihren Beistand.

Er schiebt SABINE *vorwärts, der* ORGELSPIELER *spielt, und so ziehen sie zusammen ab.*

V. Bild

Kirchhof. Platz vor dem Sedemundschen Erbbegräbnis, gleichsam einer Prunkvilla für die Toten des Geschlechts. Links schneidet eine zaunartige dichte Hecke ein Stück Kirchhof ab, der Kehrichtplatz des Friedhofes, der Begräbnisort für Selbstmörder. DER JUNGE SEDEMUND *und* FRAU GRUDE

DER JUNGE SEDEMUND Ich denke denn doch, schließlich klingt alles im All zum schönsten Ohrenschmaus zusammen – nur der Rest ist Schweigen.

FRAU GRUDE Der Rest?

DER JUNGE SEDEMUND Ja, der Rest gehört doch auch dazu, die Pause, die Atem- und Schöpfungspause, die Höhlen des Nichts, die das herrliche Was gliedern. Solch ein Rest ist mein Onkel, ein Schweigen im All, trotz der Munterkeit seines Mundwerks, eine Pause – und – mein Vater, wer weiß, vielleicht klagt's, klingt's oder klappert's bei ihm irgendwo und kündigt Besseres.

MANKMOOS, *sich fortwährend umsehend, stolpert atemlos heran.*
FRAU GRUDE *tritt abwartend ein wenig zurück.*
MANKMOOS *hält sich an* SEDEMUND *fest.*

SEDEMUND Mann, was ist Ihnen?

MANKMOOS *starrt ihn blöde an* Mann? Meinen Sie mich?

SEDEMUND Na, wenn es sonst nicht stimmt, sind Sie doch der Mann von Ihrer toten Frau; warum drücken Sie sich so dicht an mich?

MANKMOOS Sie hetzt mich hin und her.

SEDEMUND Hetzt, wer hetzt?

MANKMOOS Sie, von die Sie sagen, sie wär tot. Ich höre hier Schritte und da Schritte und wenn ich umschau – –

SEDEMUND Dann ist es Ihre Frau?

MANKMOOS Sie geht um – immer um mich herum, wer sollte es sein, wenn sie es nicht wäre? Wenn da nichts ist, was doch was ist, dann denk ich, sollte lieber der Löwe da laufen. *Erblickt* FRAU GRUDE, *erschrocken* Was – will – die – die – da?

SEDEMUND Es ist Frau Grude – Mensch, machen Sie Ihre Augen auf.

MANKMOOS Aber was will sie von mir? Meine Frau hat mir alle Kinder auf'n Hals geladen, und da sitz ich nu mit zu und kann zusehen, wie sie zu Gange kommen; und von wem soll ich selbst was für mich kriegen?

FRAU GRUDE Hier scheint sich auch so ein Rest aufzutun, Herr Sedemund, wie können die armen Kinder dafür büßen müssen, daß ihr Vater so ein Rest von einem Mann ist?

SEDEMUND Es wundert mich doch, daß seine Gedanken sich in Form und Gestalt seiner Frau fügen. Ein Rest merkt nichts. Sehen Sie, da ist sie. *Spricht zu* MANKMOOS' *Entsetzen in die leere Luft* Ja, Frau Mankmoos, es kommt alles in Ordnung, und die Kinder sollen nicht verkümmern. Frau Grude verspricht es auch. Frau Mankmoos, lassen Sie Ihren Mann nun in Frieden. *Zu* MANKMOOS Sagen Sie ihr, daß Sie für Ihre Kinder sorgen wollen, sprechen Sie, aber laut.

MANKMOOS *bebend* Ja – Line – ja – ja –, ich will ja, laß mich man machen. Grete soll gleich ein gutes schwarzes Kleid kriegen.

SEDEMUND Sie winkt, kehrt zufrieden um – und nun ist sie fort. Sie sind den Geist los, Mankmoos, aber denken Sie daran, daß sie Frieden findet. Sie gehen nachher mit mir, ich will sehen, was ich für Sie tun kann.

MANKMOOS *wankt hinter die Selbstmörderhecke.*

SEDEMUND Da ist das Abseits, wo die Selbstmörder liegen – in ungeweihter Erde; ein Wort, das wider uns aufstehen will, wie der Geist von Mankmoos' Frau wider ihren Rest von Mann.

Sie gehn zusammen nach hinten und verschwinden. GRUDE *mit* SABINE *und dem* ORGELSPIELER *kommt.*

GRUDE So, hier sei Sabine als Lamm dem Löwen preisgegeben. *Zum* ORGELSPIELER Und Sie halten hier aus und hüten das Lamm – – ich – *Er zieht den Rock aus und legt den Hut ab* – ich, in Hemdsärmeln, trete in Löwenhalter Candidos Dienste und laufe dem Entlaufenen nach.

ORGELSPIELER Und mit die Possen, die heite passieren, wer'ch mich als alter Mann noch bei junge Mädchen wichtig machen.

GRUDE *in Hemdsärmeln verschwindet hinter dem Erbbegräbnis.* GIERHAHN *und* EHRBAHN *mit Gewehren*

GIERHAHN Irgend wen muß ich kalt machen, wenn nicht den Kutscher Karl, den Lumpen, so wenigstens das Luder, den Löwen.

EHRBAHN Du gehst zu unvorsichtig drauf los, Bruder Gierhahn, wir sollten leiser sein.

ORGELSPIELER Ja, die Herrn därften gern leiser laufen, denn, ob mer hier Lumpen sein oder Luder, den Leewen is', weeß Gott egal, der frißt die Luder so gern wie die Lumpen, for den, wie for'n lieben Gott, sein mer alle gleech.

GIERHAHN Hallo! Das Fräulein im Fahrstuhl, wie geht das zu?

SABINE *trocknet Tränen und schaut dankbar auf.*

ORGELSPIELER Das arme Mädchen, ihr Fihrer is forn Leewen fortgemacht – nu, da wußt ich gleech, for was mich Gott hat glicklich bis daher leben lassen – das wern die Herrn Schitzen verstähn, daß sich fir Schitzen und orme Orgeldreher nichts Besseres begäben kann, als so een krankes gutes Kind zu hiten, nich wahr, meine Herrn?

GIERHAHN Wollen Sie denn den Löwen zu Tode orgeln? Machen Sie Platz, Mensch – wo ist er denn?

ORGELSPIELER Sein Se nich beese, daß ich aus eenen Orgeldreher un zwee Schitzen eenen Mundvoll mache. Wo der Leewe is? Ja, der is nich gar so weit weg, wenn eener den Herrn Obergehilfen von'n Löwenhalter trauen därf, der'n da hinten in de Bische nachpirscht, das is een ungeheier mutiger Mensch, sehn Se, aber freilich, er is auch den Umgang mit die Ungeheier geweent.

GIERHAHN Ich frage nicht nach dem Löwenfänger, ich frag nach dem Löwen!

ORGELSPIELER Schießen Se bloß nich bums los, wenn Se was Weißes sehn, das sein nämlich den Herrn Obergehilfen seine Hemdärmel. Der Leewe hat keen Hemde angezogen. Nich wahr, Freilein, da driben in de Bische, da is er rin?

SABINE Ja, aber daß der Mann so sehr mutig ist, meine ich nicht. Er mußte sich immer bloß den Schweiß abtrocknen. Und Sie selbst bekreuzigen sich ja jedesmal, wenn ich nicht so genau hinsehe; Sie sind wohl katholisch? *Zu* GIERHAHN Ach, lieber Herr, lassen Sie mich nicht wieder mit ihm allein. Hören Sie mal GIERHAHN *beugt sich herab. Leise* Ich hab' ihn huschen hören und dann die große Spur auf dem Sand war greulich anzusehen.

ORGELSPIELER Das Schrecklichste an den Leewen is seine Schnelleifigkeit; wissen Se noch, Freilein, wie er ibern Weg wischte? Eeen Husch – und rin in'n Busch.

SABINE Ja – ja.

ORGELSPIELER Und wie Ihr Fihrer ihn in die Geleifigkeit zu iberbieten dachte – weg wie der Wind und – blaß wie'n Blitz.

SABINE Stellen Sie sich vor mir hin, und wenn er kommt, dudeln Sie tüchtig zu, daß ich's Schießen nicht höre.

ORGELSPIELER *stellt sich vor* SABINE.

GIERHAHN Gehn Sie da weg, ich habe die Verantwortung, und mit Ihren vermaledeiten Veranstaltungen locken Sie bloß das Tier an.

ORGELSPIELER Immer besser, sagte der Floh, da fing er uff den linken Schinken an zu hinken. Denn geh ich bei Sie.

Stellt sich zu GIERHAHN

GIERHAHN Den Teufel sollen Sie, scheren Sie sich schnellstens davon!

ORGELSPIELER Se meenen, ich soll de Landschaft mit meine liebliche Abwesenheit verscheenen?

GIERHAHN Genau das, Sie sollen Luft hinlassen, wo Sie sind.

ORGELSPIELER Ooch recht, denn bin ich woll hinter die Wand weniger im Wege. Nur noch'n kleenen Tusch zum Abschied geschmettert.

Orgelt und marschiert gegen die Selbstmörderhecke. Ehe er verschwindet, erscheint, aufgescheucht, nach Luft schnappend, der geängstigte MANKMOOS.

ORGELSPIELER Halten Sie sich nich uff, Mensch, oder der Leewe beißt Sie in'n Hintern.

GIERHAHN *schreit ihn an* Verdammtes Hasenbein, ich schieß dich durch deine Gedärme – sag' was hast gesehn?

MANKMOOS *wirbelt mit den Händen, weiß nicht, soll er vor oder zurück* Huh, Schesar, bist brav, brav, brav.

EHRBAHN Schieß nicht, Bruder Gierhahn, schieß nicht, wenn du mich lieb hast.

GIERHAHN Der Schuß muß raus, nochmal: eins, zwei, drei, wo ist er? *Hebt das Gewehr*

GRUDE *von hinten* Nicht schießen, Leute, ich muß ihn lebendig liefern – er hockt hinter der Hecke – scheucht ihn her, schreit, aber schont sein Leben.

GIERHAHN Schonen, Sie Affenschwanz! *Schießt aufs Geratewohl in die Hecke* Das war dumm – Bruder Ehrbahn, dein Gewehr her, und halte meins. *Vertauscht die Gewehre und springt hinter die Hecke*

ORGELSPIELER *zu* MANKMOOS Brillen Se, Mann, zeigen Se de Bestie den Meisterbriller, sonst is Ihr Balg bald een Leewenbutterbrot –– da, da, da schlupft er durch die Dannen, da wutscht er hin wie de wilde Wut!

GRUDE Schreit, Leute, schreit.

Verwirrung, Geschrei

EHRBAHN Bruder Gierhahn, Bruder Gierhahn, zu Hilfe, zu Hilfe!

GIERHAHN *bricht wieder durch die Hecke.*

ORGELSPIELER Platz gemacht forn Keenigschuß. Er blutet schon, Herr Schießmeester, noch so eens uff das verflixte Fell! Der Leewenteter soll leben!

GRUDE *versteckt sich wieder.*

GIERHAHN Es war Zufall, Leute, aber da war so was wie ein schneller Schatten – – – jetzt...

EHRBAHN Nicht zu dreist, Bruder Gierhahn, denk daran, daß diese Tiere wütend werden, wenn sie verwundet sind.

ORGELSPIELER Uff de linke Hinterpfote gelähmt, Herr Feierhahn, links gelähmt, da wird er keene rechten Springe mehr machen. Der Herr Obergehilfe is gleich wie'n wietender Windhund uff de Spur geglitten.

GIERHAHN *geht spürend umher.*
Schuß und Lärm haben Leute herbeigelockt, von hinten erscheinen SEDEMUND *und* FRAU GRUDE, *durch den Kreis der Umstehenden bricht Wachtmeister* LEMMCHEN.

LEMMCHEN *zum* ORGELSPIELER Kommen Sie ran! Sind Sie an dem Unfug beteiligt?

ORGELSPIELER Man unverfänglich, Herr Obachtmeester. Aus mei'n Leierkasten kommen woll ooch beschissene Tene, aber keene Flintenschisse. *Zeigt auf* EHRBAHN Wenden Se sich gitigst an den Herrn Gewehrinhaber.

LEMMCHEN *nimmt das Gewehr Ehrbahns und riecht an der Laufmündung* Mit diesem Gewehr ist soeben geschossen worden, warum ist aus dem Gewehr soeben geschossen worden?

GIERHAHN *tritt heran* Ich habe dem Löwen eins aufs Fell gebrannt, Herr Wachtmeister. Es ist mein Gewehr.

LEMMCHEN Sind Sie nicht Herr Gierhahn, Herr Gierhahn? So, das ist mir recht lieb, es stimmt also mit dem Löwen?

GIERHAHN Vollkommen, Herr Wachtmeister, verlassen Sie sich auf mich. *Zu* EHRBAHN Nicht wahr, Bruder Ehrbahn, wir zwei sind Herrn Lemmchen Zeuge genug?

LEMMCHEN Ach, Herr Ehrbahn – ja, Herr Ehrbahn, ich erkannte Sie nicht sofort, hätten Sie nur gleich Ihren werten Namen genannt. So, so, da wollen wir ein patentes Protokoll aufsetzen. Alles nach der Reihe. Zuerst muß ich verhüten, daß alle diese Leute sich in der Gefahrzone verstreuen. *Laut* Sie bleiben alle hier versammelt und fügen sich Herrn Gierhahns Vorschriften, verstanden? Keiner verläßt den Platz, bevor ein Schutzmann kommt.

ORGELSPIELER Ich fihl mich in Herrn Feierhahns Schooße so sicher wie in Abraham seinen.

LEMMCHEN Herr Gierhahn ist mit obrigkeitlicher Gewalt ausgestattet. Wer etwa noch vorbeigeht, für den gilt der gleiche Befehl. *Zu* GIERHAHN Ich schicke alle, die mir begegnen, hierher, und alle müssen sich bei Ihnen melden.

GIERHAHN *zu* SEDEMUND *und* FRAU GRUDE Nicht aus dem Kreis treten! Alle auf einen Haufen hierher!

SEDEMUND *und* FRAU GRUDE *heran,* LEMMCHEN *ab*
DER ALTE SEDEMUND *und* ONKEL WALDEMAR *mit Kränzen*

ONKEL WALDEMAR Hä Gie'hahn, Sie glauben gar nicht, wie ich mich über Ihr Glück fweue. Gwatuliere, gwatuliere! Sie sind sonder Zweifel der Held des heutigen Tages! *Schütteln sich die Hände*

GIERHAHN Danke ergebenst, Herr Sedemund. Wenn Sie mit Ihrem Herrn Bruder zum Grabe gehen, tun Sie gut, sich nicht mehr als nötig zu gefährden. Kommen Sie gleich zurück.

ONKEL WALDEMAR Pietät, Hä Gie'hahn, waltet ohne Pwüfung der Gefahr. *Zeigt auf den* ALTEN SEDEMUND Eine Wallfah't zätlichen Gemüts zum Gwabe seines Glücks.

Sie gehen zum Erbbegräbnis. ONKEL WALDEMAR *schließt auf und steckt den Schlüssel wieder ein.* DER JUNGE SEDEMUND *tritt herzu.*

DER JUNGE SEDEMUND Geht das so geschwind, Vater – hui hinein und hui hinaus?

DER ALTE SEDEMUND Ja, mein Junge, Eile ist uns anempfohlen, aber wir hasten nicht.

ONKEL WALDEMAR Ein schmäzlicher Seufzä, Gähadd, soll das Andenken der Guten heute heiligen.

DER JUNGE SEDEMUND Soll der Seufzer das, seufzest du auch?

ONKEL WALDEMAR Gähadd, könntest du nicht wenigstens am Gwabe deiner Mutter weniger gehässig mit mir ueden?

DER JUNGE SEDEMUND Ja, da steht der Sarg, ach Gott, Mutter, nun kommen sie mit Kränzen, um dein Andenken zu heiligen.

ONKEL WALDEMAR Eins muß ich dich bitten, einzusehen, Gähadd, daß die gwoße gegenwätige Menge nicht dä schickliche Hintägwund für die von dir däart beliebten Anfälle bildet. Spwich leiser, Gähadd.

DER JUNGE SEDEMUND *tritt in den Eingang und steht gleichsam als Torhüter da, leise* Bleib draußen stehen, Onkel Waldemar, auch du, Vater, hast deine Füße nicht abgetreten und willst in ein so stilles sauberes Gemach, den einzigen Erdenwinkel, gehen, der meiner Mutter geblieben ist?

Er hat nach und nach wieder lauter gesprochen, die Leute sind aufmerksam geworden und unmerklich näher getreten.
Der ORGELSPIELER *dreht einige Töne.*
DER ALTE SEDEMUND *nimmt den Kranz aus der rechten in die linke Hand und fährt sich mit der Hand übers Gesicht.*

DER JUNGE SEDEMUND Gott, Vater, ich glaubte, du wolltest dich mit der Faust vors Gesicht schlagen! *Er tritt beiseite und läßt den Eingang frei.*

ONKEL WALDEMAR Bwuder, spwich ein Wort zu Hän Gie'hahn, ä ist ein edler Mann und wird dich vor dem Stein dä Schande, den dein Sohn gegen dich ähebt, schützen wollen.

DER ALTE SEDEMUND *sieht sich um und überfliegt die Menge mit den Augen, dann kehrt er sich ab. Er ist scheinbar im Begriff, ins Grab zu treten, zaudert aber und bleibt stehen.*

ONKEL WALDEMAR Bestä Hä Gie'hahn, nicht wah', Sie fühlen mit mir, daß vor so viel Augen und Ohwen diese Ausspwache bei unsäm Äbbegwäbnis katast'ophal sein muß.

GIERHAHN Wir wollen zurücktreten, Leute. Stellt euch hier dicht an die Hecke heran, drängt euch nicht zu Dingen, die euch nichts angehen.

Man stellt sich ein wenig weiter weg längs der Selbstmörderhecke auf.

DER JUNGE SEDEMUND Wenn es nach priesterlicher Grundgerechtigkeit ginge, Vater, müßte Mutter nicht auch hinter jener Hecke liegen? Das nennst du nun meine so echt Sedemundsche Formel, die nicht umzubringen ist und zäh wie Zunder glimmt?

ONKEL WALDEMAR Höwe ich wecht, Bwuder, und ich höhte bisher nicht nur gut, sondern västand auch meine Folgewungen zu finden, höwe ich wecht, so ist Gähadd dwauf und dwann, dem Sarg der Seligen in unserm hälichen Äbbegwäbnis das Wecht auf seinen Platz zu bestweiten. Bwuder, dein armer Anblick macht mich zittän, obgleich dein Häz es sich nicht väsagen will, selbst hewanzutweten, laß mich für dich hingehen, gib mir den Kwanz, um ihn als kummervolle Klage über den Sohn dä Mutter zu bwingen.

GIERHAHN Seid froh, Männekens, daß dies nicht Eure Familiengrube ist. Vor solcher Familie kann einem grausen, die solche Greuel nicht rechtzeitig eingraben kann. Ihr hört hier hinten auch, was da unter ihnen hübsch öffentlich vorgeht und geheim bleiben sollte.

DER ALTE SEDEMUND *wehrt Onkel Waldemars Anerbieten*

ab und geht selbst langsam näher zur Grabtür. Dann dreht er sich, ohne einzutreten, plötzlich um und ruft Was steht ihr da, geht und gafft wo anders!

GIERHAHN Herr Sedemund, gehn Sie ruhig hinein, raffen Sie sich eine Kleinigkeit von gutem Gewissen zusammen, dann geht's noch mal.

ONKEL WALDEMAR O Hä Gie'hahn, Sie sollten sich auch ein Familiengwab gwünden, wo Sie däeinst Ihren Sohn beisetzen können. Dä gute Schaukelstwick hat schon alle Lust an dem Kinderhandel verloren, wir er mir soeben selbst ganz hübsch öffentlich anvätwaute. Ganz wecht, Schau-kel-stwick – Kin-der-han-del, Handel für Geld um Ihr ei-ge-nes Kind, Hä Gie'hahn!

Der ORGELSPIELER *rührt die Kurbel.*

GIERHAHN Kinderhandel? O Herr Sedemund, wenn ich Sie wäre und wünschen müßte, Ihren Fall hinter einem andern Fall zu verstecken, würde ich kein solches Ungetüm heranzerren, das doch den Deubel niemand für lebendig hält. Also Kinderhandel – gut! Doch wie geht's nun bei Ihrem Fall weiter?

LEMMCHEN *erscheint im Hintergrunde.*

ONKEL WALDEMAR Sä fweundlich, mir das Wort zu vägönnen, Hä Gie'hahn! Denken Sie vielleicht noch an das solenne Fwühstück im »Äbgwoßhäzog«, wo wir uns wechselseitig allälei kuwiose und vätwauliche Konfidenzen machten? Sie als Fuhrhä schossen den Vogel von der Stange ab. Ach, Sie wissen doch, wenn Ihwe Lastwagen auf die Stadtwage fahren – dann, na besinnen Sie sich bitte – zwischen das zweite und dwitte Fuder legen Sie Ihwe bewühmte Buttelpause ein und hintehä, was wissen denn die vollen Häzen davon, ob das zweite Fuder schon schön gewogen ist odä nur gwade auf die Wage gegangen – und na, das zweite wird dä Sicherheit zuliebe – doppelt gewogen und angekweidet, alles wegen dä Buttelpause, und bei Leibe nicht zu Ihwem Schaden. Ach, Hä Gie'hahn, wir wawen ja alle so selig über solchen Geschäftsspaß! Und wie geht's nun mit Ihnen weiter, immer lustig weiter, möcht ich meinen, bei einer so hübsch öffentlichen Gelegenheit, was?

Der ORGELSPIELER *dreht die Kurbel.*

GIERHAHN Was hat das alles mit der Öffentlichkeit zu tun, Herr Sedemund? *Sieht sich um* Herr Wachtmeister Lemmchen!

ONKEL WALDEMAR N'Abend, Hä Lemmchen, haben Sie auch schon vom Gie'hahnschen Kinderhandel gehört?

LEMMCHEN Meine Herren, meine Herren -- ich sollte denken, daß das alles wohl nicht partu Privatangelegenheiten sind, aber doch hier heute abend nicht hergehören. Alles nach der Reihe! Was geht denn da am Grabe vor?

DER JUNGE SEDEMUND Herr Lemmchen, mein Vater verbeißt sich drauf, aus Barmherzigkeit, aus allgemeiner Menschenbrüderlichkeit und anderen Bedenken eine hochherzige Stiftung zu begründen. Da liegt hinter der Hecke in ungeweihter Erde so mancher elende Erdenbürger bestattet. Mit dem Genaueren will ich Ihre Geduld nicht ermüden, kurz, mein Vater will auf jedes dieser verwahrlosten Gräber ein bescheidenes Steinchen stellen. Er wird sogleich gehen und ein Auge auf den Anger werfen, nicht wahr, Vater? Wolltest du nicht hingehen und die Gräber zählen? Oder willst du vorher – deinen Kranz niederlegen?

Der ORGELSPIELER *dreht die Kurbel.*

DER ALTE SEDEMUND *schaut umher, alles hält den Atem an. Dann wendet er sich jäh an* ONKEL WALDEMAR. Hast du nicht den Schlüssel bei dir? Es wird abgeschlossen.

ONKEL WALDEMAR *flüsternd* Bwuder, wenn dä Kwanz nicht an seinen Platz kommt, wird unsä Ansehn am Ort begwaben sein. Denk dawan. Geh hin und wieder her, beiß in den Bart!

DER ALTE SEDEMUND *heftig* Den Schlüssel! Glaub mir, wenn ich's könnte, täte ich's doch nicht, ob ich's also nicht kann oder warum ich kneife, macht keinen Unterschied -- da halt den Kranz.

Er gibt den Kranz, empfängt den Schlüssel, dreht um, schließt ab und steckt den Schlüssel ein. Schreitet dann, während man vor ihm zur Seite weicht, auf die Selbstmörderhecke zu. Es erhebt sich ein Gemurmel. ONKEL WALDEMAR *folgt ihm und sucht ihn zu halten.*

ONKEL WALDEMAR Bwuder, bist du bei Sinnen? Willst du wirklich diesen Büßerweg gehen?

DER ALTE SEDEMUND *bleibt stehen und zuckt die Achsel* Ich weiß wirklich nicht, warum ich es nicht sollte, aber wenn du es besser weißt, will ich es lassen. Die Steine mögen zu stehen kommen, wie mein Sohn in meinem Namen – hübsch öffentlich angeordnet, ohne daß ich widersprochen habe.

ONKEL WALDEMAR Hättest du nur widäspwochen!

DER ALTE SEDEMUND *für sich* Widersprochen, wieso, wer dachte an Steine, als von Steinen die Rede war! Wie vielerlei zugleich in Waldemars Kopf geht, ist großartig.

LEMMCHEN Meine Herren, diese Sache, die wie eine persönliche Privatsache aussieht, sei nun abgetan. Ich kann Ihnen leider nicht länger Zeit dabei lassen. *Laut* Alle Anwesenden begeben sich aber einstweilen in die Kapelle, da sind die Bildhauer bei Licht an der Arbeit, wie ich eben sah, also alle Mann! mit mir marschiert!

Er geht voran, alle folgen bis auf den ORGELSPIELER *und* SABINE, FRAU GRUDE *zögert.*

ORGELSPIELER *dreht die Kurbel, schüttelt den Kopf* Von dem Pläsier hätt'ch mir mehr Vergnigen versprochen – na, wie hat's denn Sie gefallen, Freilein?

SABINE Ich bin in der Welt noch zu wenig herumgekommen, wissen Sie, ich weiß gar nicht, war es lustig oder traurig.

FRAU GRUDE *kommt eilig und beginnt den Rollstuhl mühsam in der Richtung der Kapelle zu schieben. Da springt aus dem Gebüsch* GRUDE *und umfängt sie von hinten. Sie erschrickt und will sich wehren, läßt aber, nachdem sie ihn erkannt, geschehen, daß er sie herzhaft und ergiebig abküßt. Man hört Schritte, und er springt wieder ins Dunkel.*

EIN MANN Herr Wachtmeister Lemmchen schickt mich, er hat schön gescholten, daß niemand den Rollstuhl schiebt. Ich soll ihn holen – wer war denn da der Mann in Hemdärmeln?

FRAU GRUDE Der Mann? Das war nur mein verrückter Mann.

DER MANN Also flink fort, ehe uns der Löwe frißt.

Alle ab

VI. Bild

Das Innere einer baufälligen frühgotischen Kapelle, ausgeräumt und als Magazin für allerlei unverwendbares, antikes städtisches Eigentum, wie alte Grabkreuze, geborstene Holzfiguren, auch Plunder aus neuerer Zeit, etwa Reste von Festdekorationen, dienend. Das eigentliche kirchliche Inventar ist abgedankt. Im Hintergrund zwei überschlanke Spitzbogenfenster und rechts seitwärts ein riesiges Kruzifix in Holz, ein in Renovierung begriffenes uraltes, strenges Schnitzwerk an die Wand gelehnt. Vor ihm steht beim Schein einiger Kerzen, die auch den übrigen Raum dürftig belichten, der Bildhauer BROMANN *auf einem Tritt, indem er einen von ihm geschnitzten Arm des Christus an seinen Ort paßt. Dann steigt er nieder und prüft die Gesamtwirkung. Die Menge ist verteilt. Die meisten sitzen auf dem Grümpel herum. Links auf einem alten Holzkreuz hockt* DER ALTE SEDEMUND, ONKEL WALDEMAR *steht neben ihm, während* DER JUNGE SEDEMUND *mit dem Bildhauer zu reden beginnt.* FRAU GRUDE *geht ab und zu.* SABINE *hält so ziemlich den Mittelpunkt des Raumes inne. Der* ORGELSPIELER *wird kaum bemerkt. Der Christus in Holz in seiner schrägen Lage ist gleichsam in beginnendem Aufschweben.*

BROMANN *zu dem* JUNGEN SEDEMUND Wir bekommen morgen Besuch vom Bezirksbaurat, und dann besieht er auch meinen Christus. Das heißt, der Christus selbst, sagt er, ist aus allerbester Zeit und manche sagen von ihm selbst, daß er ein ganz bedeutender Kenner und Bewunderer der Zeit ist, die er für die allerbeste hält. Der Arm von mir, befiehlt er, muß auch wie aus allerbester Zeit sein, aber es ist so geworden, wie ich ihn auf der Akademie machen gelernt habe. Das ist ein bedeutender Unterschied, wie Sie gefälligst bedenken wollen.

DER JUNGE SEDEMUND Der Christus ist aus Marter und Mühsal gemeistert, der Arm ist der Arm eines faulen Menschen, der sein Leben lang keine Mahlzeit überschlagen hat. Entschuldigen Sie!

FRAU GRUDE *hat zugehört und tritt zufällig unter die Kreuzarme.*

BROMANN *begeistert* Ach, sehen Sie doch – so wie die Dame da steht, genau so gehört die Maria darunter, die Mutter, deren überlebensgroßer Sohn über ihr, abgewandt, nicht achtend ihrer kläglichen Mütterlichkeit ob der Welt hinschaut. Sehen Sie, verehrter Herr, unsere Söhne, das sollten alle Mütter und am Ende auch alle Väter fassen, unsere Söhne sind unsere Richter und Rächer unserer Unwerte. Das müßten alle werdenden Mütter sich sagen – – habe ich recht?

DER JUNGE SEDEMUND Es könnte so einigermaßen hinkommen.

BROMANN *saugt an der Zigarre* Sie begehrt einen Blick von ihm, aber er – schaut beleidigend über sie hin. Die Frauen bedenken nicht, daß ihre Kinder von Geistes Gnaden sind, sie vergiften sie im Leibe mit gemeiner Menschlichkeit. Sie glauben an keinen Geist als Gewissen um sich und in sich.

Da SEDEMUND *sieht, daß* FRAU GRUDE *sich getroffen fühlt, legt er* BROMANN *den Arm auf die Achsel und bedeutet ihm, zu schweigen. Sie treten, um die Unterbrechung des Gesprächs zu motivieren, zurück, wie um einen freien Blick auf den Christus zu gewinnen und stehen nun knapp vor dem* ALTEN SEDEMUND.

DER ALTE SEDEMUND Drehen Sie sich um und decken Sie mir weitere väterliche Verfehlungen gegen höhere Kindlichkeit auf, aber sprechen Sie direkt, ich dank's Ihnen.

Sie kehren sich zum Alten. FRAU GRUDE *geht langsam und geneigten Hauptes, als ginge sie durch ein niedriges Tor, vor den Christus und sieht hinauf.* DER

JUNGE SEDEMUND *geht schnell, froh, vom Vater loszukommen, zu ihr.*

FRAU GRUDE Wissen Sie, was er sagt? Er sagt: jeder Geborene wird einmal ans Kreuz geschlagen. Darum bringe deinen Sohn so auf den Weg, daß er in der grausamsten Stunde hinaufschaut und über der Welt schwebt. Ich höre noch mehr.

DER JUNGE SEDEMUND Recht, Frau Grude. Es gibt schon genug Schächer auf der Welt. *Er führt sie im Gespräch nach hinten.*

DER ALTE SEDEMUND Na, Herr Bromann, Christus hin, Christus her, wenn er heute lebte, würde er als Vagabund und Aufwiegler in Nummer Sicher gebracht – und sehr mit Recht.

BROMANN Aber er fände vielleicht vorher Gelegenheit, zu sagen: »Sei sehend, Herr Sedemund«, wie zu dem Blinden.

DER ALTE SEDEMUND Ach was, er riß ein Streichholz an und wies ihm den rechten Weg, das war die ganze Kunst. Im Dunkeln brauchen wir alle Stöcke, die Blinden wie die Gesunden – alle stockblind.

BROMANN Sie sagen, Christus hin, Christus her, Gekreuzigte hat es tausendmal Tausende gegeben. So sind Sie mit den Menschen umgesprungen, fühlen Sie kein Mitleid?

DER ALTE SEDEMUND Hat er Mitleid mit mir? Er ist nicht schlimmer dran als ich. *Breitet die Arme aus* So – braucht es nicht immer auszusehen, wenn es einem kreuzübel ist.

BROMANN Sie?

ONKEL WALDEMAR Sein eigenä Sohn, Herr Bwomann, hat ihn sozusagen ans Kweuz dä öffentlichen Kennzeichnung geschlagen. Gwausam und unkindlich.

BROMANN *schüttelt den Kopf* Wieso, Herr Sedemund, was kann sein Sohn über ihn bringen, das ihn kennzeichnete?

DER ALTE SEDEMUND Da muß schon etwas dran sein, meinen Sie?

BROMANN *sieht ihn sprachlos an.*

DER ALTE SEDEMUND Sehen Sie, schon geben Sie meinem Sohn recht. Warum nicht gar, wir sind allzumal Sünder, wie Sie wissen. Lassen Sie nur und tun Sie mir den Gefallen und gehen Sie ein Stück seitwärts, damit ich kreuzkameradschaftlich Ihren frischlakierten Christus beschauen kann.

BROMANN *geht beiseite.*

ONKEL WALDEMAR Bwuder, Bwuder, das war fueilich unklug, das war falsch, taktisch verfehlt.

DER ALTE SEDEMUND Taktisch? Donnerwetter, Waldemar, was gibt's hier für Taktik?

ONKEL WALDEMAR *beschwörend* Du sitzest da, wiklich wie ein armä Sündä, das geht nicht an, Bwuder; hingegen solltest du die Leute liebä iwwe zu machen twachten, ob sich Lust und Liebe zum Klatsch in deinem Falle lohnen.

DER ALTE SEDEMUND Das Aas soll den Fliegen Rosenduft vorflunkern – das wäre wahrlich ein gescheites Aas, Waldemar.

ONKEL WALDEMAR Glaube mir, du gewinnst Obäwasser, wenn du die günstige Gelegenheit, die sie alle hier mit uns zusammengebwacht hat, benutzen wolltest. Ich habe schon manches Wort für das Wohl des Hauses Sedemund fallen lassen. Die Leute sind in Zweifel und wissen nicht uecht, wie das Exempel des Auftwitts am Gwabe zu uechnen ist. Waff dich auf, zeige dich unauffällig und leite ihwe Köpfe an, des Wätsels Lösung unlamentabel zu finden.

DER ALTE SEDEMUND Der Schlingel, der Junge, hat mir einen Zentner ans Bein gebunden und du sagst: hopsa, lustig gesprungen!

ONKEL WALDEMAR Penibel bist du, alter Junge, dein allzu uobust entwickeltes Zahtgefühl macht dich zimperlich. Denke mal, was für Wundägeschwichten mogen fwüh übe uns hinwimmeln.

DER ALTE SEDEMUND Es ist ein gefundenes Fressen für Moritatenmaler. Übrigens. *Laut* Ich muß ein bißchen die Füße verpedden, will ein paar Mal durchs Lokal laufen. *Er geht durch die Menge.*

Man weicht aus und sieht ihm verstohlen nach, zeigt nach ihm und einer macht den andern aufmerksam.

DER ALTE SEDEMUND *zu einer jungen Frau, die Spaten und Gießkanne in der Hand trägt* Haben Sie jetzt erst Kartoffeln gepflanzt? Reichlich spät, junge Frau.

FRAU Ich hab mein Grab in Ordnung gebracht.

DER ALTE SEDEMUND Und dann kam der Löwe dazwischen, wie? Da sind Sie wohl gar nicht fertig geworden?

FRAU Doch!

DER ALTE SEDEMUND *setzt zu einer munteren Frage an, verwirrt sich, hustet und blickt um sich, zu einem alten Mann* Sagten Sie was zu mir?

MANN Von Sie hätte ich was sagen können.

DER ALTE SEDEMUND Ja, nicht wahr, wir haben lange keinen Regen gehabt, alle Landleute lassen die Köpfe hängen. Aber das tun sie immer – wissen Sie, was der Gärtner sagte, bei dem ich vorhin den Kranz kaufte? Ich kaufte nämlich einen für meine Frau, warum auch nicht?

MANN Um ihn auf den Sarg zu legen, warum auch nicht, nicht?

DER ALTE SEDEMUND Na ja, sehen Sie – man muß von Zeit zu Zeit, wenn die Erinnerungen kommen, irgend etwas vorhaben, man liest alte Briefe oder erzählt sich Geschichten von früher, oder nimmt ein paar Blumen . . .

MANN Wenn Sie sich das so viel Geld kosten lassen können, so ein großes Grab und dann mit Blumen losgehen, warum kehren Sie dann gerade vor der Tür wieder um?

DER ALTE SEDEMUND Ach, fragen Sie morgen mehr! *Zu einem andern* Was grinsen Sie denn, was haben Sie zu höhnen? Es geht hier ja heiter her!

EIN LAFFE Soll man sich nicht nach Belieben belustigen? Ich denke mir mein Teil, wenn ich an meinen Tod denke; daß dann Ihr Grab 'n ganz gutes Absteigequartier abgibt, wenn sich die Toten – eben – nach Belieben lieb haben. Was, das nehmen Sie übel, oller Herr? He?

DER ALTE SEDEMUND Sie tun hier ja alle verdammt gnädig,

gerade als hätte ich ein Sündenpack auf dem Buckel, daß ich ein richtiges Rudel Beichtväter brauchte. Und wie steht's denn eigentlich. *Zu einem Vierten* Wollen Ehrwürden mir das Ohr leihen? *Flüstert, der Angesprochene erschrickt und hat offenbar etwas ganz Monströses gehört.* Na ja, was ist da zu staunen und zu stutzen – es ist nicht mehr als ein Dutzendmal vorgekommen. *Zu einem andern* Sie – Gnädiger – vernehmen Sie ein Geständnis – nee, nee, geben Sie Gehör, ich beiß Ihnen 's Ohr nicht ab. *Flüstert* Es fällt sauer, aber es macht das müde Herz munter. *Zu einem Weiteren* Sie sollen sehen, Ihnen beichte ich ein Bravourstück von Büberei, dazu pikant; wie ich nämlich während einer Krankheit meine schöne Schwester schwängerte – Krankenschwester – woran dachten Sie denn – –?
Hat noch jemand Verlangen, es kann ganz forsch so weitergehen, einen passabeln Paß.

Die Leute sind verblüfft und angewidert.

DER ALTE SEDEMUND *steckt die Hände in die Hosentaschen und schaut um sich* Seht mal an, seht ihr, was ihr wißt? Eure eigenen Eulenspiegeleien mit Treu und Glauben! Jedesmal der eine die des andern – der Nachbar des Nachbars – und nun tauscht aus, wir werden sehen, wie es stimmt. *Lacht, zu dem grätigen* FRÄULEIN *Ehrenreich:* Von Ihnen weiß man eine Gespenstergeschichte – hört alle her –. *Zeigt mit dem Finger auf sie* Als ihre Mutter im Sarg lag, hatte man ihr ein schön geschmücktes Schlummerkissen unter den Kopf getan – sie – sie da – seht sie an – sie fand das Schlummerkissen zu schade – sie bemauste ihre Mutter im Sarge und stopfte ihr einen stachelig gebündelten alten Schlüsselkorb unter. Nett – so was, nicht?

FRÄULEIN Sie haben wohl nie vom achten Gebot gehört: Du sollst nicht falsch Zeugnis reden wider deinen Nächsten?

DER ALTE SEDEMUND Gehört? Gewiß! Aber sehen Sie! Sie bei Ihrer Fasson können schon gut und gerecht sein. Sie haben's eben um vieles leichter als unsereins.

FRÄULEIN Wieso? Leichter? Ich, warum ich?

DER ALTE SEDEMUND Wieso – warum? Weil für Sie eben nur neun Gebote gelten. Jeder Junge in der Vorschule rechnet Ihnen an den Fingern vor, daß neun Gebote leichter zu leisten sind als zehn.

FRÄULEIN Ich denke denn doch, die zehn Gebote gelten für alle ohne Unterschied.

DER ALTE SEDEMUND Na ja – sozusagen! Aber wie ist es mit dem sechsten? Sie kommen doch – und wenn meine Augen nicht trügen – kamen nie in die Lage, eine Ehe zu gefährden. Bei Ihrer Figur nicht! Sie können sich auf den Kopf stellen, Ihretwegen spaltet sich keine Ehe. Was folgt daraus? Das sechste Gebot findet auf Sie keine Anwendung, ist nicht da, wo Sie sind.

FRÄULEIN *empört in den Hintergrund*

DER ALTE SEDEMUND Keiner hier ist besser als ich. Keiner weiß alles von allen, bloß Einer lebt, das ist wahr. *Sucht mit den Augen den Christus und zeigt mit dem Finger* Da ist der Löwe, da hängt er, und das ist schlimm, schlimmer, als wenn er brüllte oder bisse. Ja, ja, das ist mein jüngster Sohn, der an mir kein Wohlgefallen hat. Ich habe ihn mir aus Holz machen lassen, damit er bei der nächsten Sintflut oben schwimmt, für 30 Silberschillinge, und das war billig. *Predigt* O meine Lieben, was seid ihr für grundgute Geschöpfe, solange niemand weiß, was ihr für große Gauner seid! Er weiß es und ist darum so mager, weil man von so viel Verschwiegenheit nicht feist wird, und ist doch noch so schwer, daß es an den Händen zerrt und zieht mit dem guten Gewicht eurer Sündenlast.

ONKEL WALDEMAR *ist herangetreten und zieht ihn nach vorn* Ach Bwuder, Bwuder, das machst du bös und immer böser!

DER JUNGE SEDEMUND *tritt heran.*

ONKEL WALDEMAR Wie würde dir das Häz schmelzen, wenn ich mich wie du auf Dinge, die als Mängel mißdeutet würden, öffentlich bewufen wollte!

DER ALTE SEDEMUND Du – du bist ein Simulant, was weißt du von Sünden?

ONKEL WALDEMAR Ach Bwuder, doch, doch -- es gibt Eide, gewisse Eide – beschwöwe mich nicht weitä, wer weiß, wie ich bestehen würde.

DER ALTE SEDEMUND Denkst du, Waldemar, der da hinten hat nur hölzerne Ohren? Nimm dich in acht, solche Sedemundschen Sachen verträgt er nicht, wie das andere sonst, ihm wird übel werden, er wird sich brechen über uns und sich beschmutzen, welche Blamage für uns! *Bemerkt seinen Sohn* Wie, meinst du, würde Freund Grude meinen Fall befinden?

DER JUNGE SEDEMUND Er würde sagen, der Löwe beißt dich. Der gute Löwe verwandelt dich als Fraß in sich – so hörte ich aus dem Mund der kleinen Rollstuhlheiligen echt grudisch gevattern. Ist es nicht ein Wörtchen Wahrheit?

DER ALTE SEDEMUND Meinst du? Leider kann ich das nun – offenbar – von mir erwartete Wörtchen Wahrheit nicht weggeben wie mein Portemonnaie. *Holt sein Portemonnaie hervor und gibt es seinem Sohn in die Hand* Die Erinnerungstaler bleiben in der Tasche und brennen mich an die Beine, das ist das Ganze, was bei dem Hokuspokus herauskommt.

DER JUNGE SEDEMUND Brennen dich die Taler darum, weil dein Sohn dich öffentlich auf die Tasche geschlagen hat? Weil das Löwenmaul Skandal die Zähne fletscht?

DER ALTE SEDEMUND Wiegst du da nicht das Portemonnaie in der Hand, als wäre es mein verschrumpfter Herzbeutel? Herrn Sedemunds Herz! Ich möchte mir aber ausbitten, daß diese meine gegenwärtige famose Form nicht Herrn Sedemunds einzige ist! Da ist noch eine andere, großmächtig wie ein Punkt. Dieser Punkt Namenlos ist mit Herrn Sedemund eins, so eins, daß es sein Eigentliches ist, und so kommt es heraus, daß Herr Sedemund eigentlich gar nicht Herr Sedemund ist, sondern der Punkt, den keine Faust fassen kann; daß Herr Sedemund nur der Kofferträger seines Selbst ist, das wie ein Punkt ohne Ohr, ohne Odem, ohne Qual, rein wie das Nichts, sündlos wie die Sonne – ganz gemütlich drin sitzt. Wohin Herr Kofferträger Sedemund den Punkt abzuliefern hat, das weiß er nicht, der sogenannte Herr Sedemund, dessen kluger Sohn aus dem Narrenkram den Abfall von Antwort wohl selbst herausfindet. -- Nun will ich nur noch eilig der Rollstuhlheiligen meine Verehrung bezeigen. *Geht zu* SABINE

DER JUNGE SEDEMUND Ich hörte dich von Eiden reden, Onkel Waldemar...

ONKEL WALDEMAR Sei gwoßhäzig, Gähadd, spwich nicht davon, hie' nicht!

DER JUNGE SEDEMUND Warum nicht? Darf ich nicht die Wolle von den Worten meines werten Oheims scheren? Wie wär's mit einer Bedingung? Hier nimm den Geldsack, tu den deinen dazu und dann taue in Meister Mankmoos' Trübsal ein Tröpfchen Trost – aber freundlich. *Gibt ihm das Portemonnaie* Dann treten wir deine Eide tot.

ONKEL WALDEMAR Gäne, Gähadd, gäne! *Geht zu* MANKMOOS

DER JUNGE SEDEMUND *gesellt sich zu der Mittelgruppe* SABINE, FRAU GRUDE *und dem* ALTEN SEDEMUND.

DER ALTE SEDEMUND *zu* SABINE Ein bißchen Bewegung wäre gut, wie? Meine Wenigkeit weiß sich keine bessere Verwendung als im Heiligendienst. SABINE *schüttelt den Kopf.* Sie sind keine Heilige, wollen Sie sagen! Natürlich – Heilige sind im Himmel, Sie aber, wie ich, sitzen in der Hölle. Ja, ja, mitten drin, hilft nichts, wir sind beide Höllenbraten. Und damit Sie sich in dieser kühlen Hölle nicht erkälten, erlauben Sie schon! *Er schiebt den Rollstuhl mitten durch die Menge, wendet nach vorn und hält.* Wir wissen doch beide mit Herrn Satan Bescheid; glauben tu ich auch nicht an ihn, aber wissen tu ich's besser.

SABINE Ich auch.

DER ALTE SEDEMUND Sehen Sie, liebes Kind, ich bin ein schlechter Vater, aber ein guter Höllenbruder, fassen Sie also Vertrauen. Sind Sie nicht erst kürzlich konfirmiert?

SABINE *nickt.*

DER ALTE SEDEMUND Da wissen Sie doch noch, wie es heißt im Vaterunser – »unser täglich Brot« . . .

SABINE Vierte Bitte.

DER ALTE SEDEMUND Ganz recht, vierte! Und dann die Erklärung mit der schönen Liste, beginnend mit Essen, Trinken, Kleider, Schuh . . . was kommt sonst noch Gutes?

SABINE Friede – Gesundheit . . .

DER ALTE SEDEMUND Gesundheit – ein gesundes, langes Leben im Rollstuhl – wie? SABINE *senkt den Kopf.* Weiter!

SABINE »Zucht – Ehre . . .«

DER ALTE SEDEMUND Ehre und Zucht? Donnerwetter, da brauchen Sie nicht bange zu sein und lange bitten. Bei Ihnen gehört das dazu, wie der Knüppel zum Hund. Weiter . . .

SABINE »Fromm Gemahl, fromme Kinder«.

DER ALTE SEDEMUND Ich will Ihnen wohl raten, liebes Kind, wenn Sie beten, benutzen Sie die vierte Bitte zum Luftholen. Die ist nicht für Sie und desto kürzer ist Ihr Vaterunser.

SABINE *sinkt zusammen.*

DER ALTE SEDEMUND Ja, es sieht traurig aus, aber kommt nicht noch was vom guten Wetter?

SABINE *nickt.*

DER ALTE SEDEMUND Gut Wetter, zum Ausfahren, dafür hätten Sie doch Verwendung, sollt ich vermuten. Ein kleines, kümmerliches Stück täglich Brot das Ihre – ich fürchte, liebes Kind, davon werden Sie nicht satt, oh, oh!

SABINE *weint.*

DER ALTE SEDEMUND Ein recht verschimmeltes Stück täglich Brot, aber was wollen Sie auch von der Kost in der Hölle Besseres erwarten! *Er fährt sie wieder im Kreise herum.*

FRAU GRUDE *tritt herzu und faßt* SABINES *Hand. Wie der Stuhl wendet, steht* MANKMOOS *im Wege.*

DER ALTE SEDEMUND *zu* SABINE Sollte das nicht auch einer von unserer Sorte sein?

Sabine *sieht ihn an und schüttelt sich.*

Der alte Sedemund Also nicht, er gehört zu den andern. Aus dem Wege, Wertester, die Hölle will Sie nicht. *Er fährt zu.*

Mankmoos *weicht aus, trottet aber hinterdrein.*

Der alte Sedemund *sich umwendend* Es scheint ihm aber in unserer Gesellschaft zu gefallen, er geht zwar ohne Singen und Beten, aber doch getreu unseren Weg. *Zu* Mankmoos Haben Sie was Wichtiges auf dem Herzen?

Mankmoos *zeigt die Börsen* Ich wollt mich man bedanken für den Beitrag zum Begräbnis meiner Frau. Wenn Herr Sedemund es übel genommen hätte, als ich heute früh in Herrn Sedemund Ihr Krankenzimmer zu fragen anfing, ob Herr Sedemund nicht vielleicht so gut sein wollte ...

Der alte Sedemund Mensch, Sie sind ein so guter Höllenbraten wie nur einer. Lassen Sie die Gedanken los, aber halten Sie 's Geld fest, wo Sie es auch her haben – gehen Sie mit auf den Weg der Hölle, aber hinterher als Nachhut. *Er fährt weiter,* Mankmoos *trampelt hinterher.*

Der alte Sedemund *flüsternd* Sagen Sie es nicht weiter, liebes Kind, aber Sie weinen nicht allein hier im Höllengehäuse. Es läuft mir nur nicht blank über die Backen, das ist der ganze Unterschied zwischen uns, und vielleicht ist meine Art Weinen wütender als die Ihre. Ihren Kummer können Sie doch künden, mir, wenn ich auch wollte, mir fangen die Kinnbacken an hin und her zu springen.

Sabine Sagen Sie es mir, aber sprechen Sie nicht so schrecklich von Ihrem Weinen, ich fürchte mich vor Ihnen. Sagen Sie es.

Der alte Sedemund Soll ich? Gut, aber wir wollen lieber noch eine Runde gehen. *Er fährt, vor dem* Orgelspieler *hält er still.* Wie gut der es hat! Er bläst seinen Kummer von sich mit donnernder Dampfpfeife. Laut und leise, gleich leicht gedreht! *Zum* Orgelspieler Laben Sie uns doch mit einem Liebeslaut, guter Mann. *Der* Orgelspieler *setzt an.*

Na, lassen Sie noch, aber ich engagiere Sie als Musiktrabant der Höllenreise, halten Sie sich hinter uns zur Hand. *Zeigt auf* MANKMOOS Das ist der Zahlmeister, wenn er bei Bemessung der Gage geizt, beklagen Sie sich bei mir. *Er fährt weiter, der* ORGELSPIELER *schließt sich an.*

Neugierige folgen, es bildet sich ein Zug, der langsam, halb als Karnevalszug, halb als Leichenparade im Raume kreist.

DER ALTE SEDEMUND *zu* SABINE Sieh an, Kind, was alles in der Hölle heimisch ist. Wollen alle – ihren Kummer klagen. Aber wir beide, du und ich, wir sind die, die am wehesten leiden, wir sind am Wort, wie?

SABINE Ist es Zeit?

DER ALTE SEDEMUND Ja. *Er fährt den Stuhl in den Kreis und ergreift unwillkürlich Sabines Hände.* Liebes Kind, wohin soll es kommen, wenn Leute wie jener Herr Sedemund frei in der Hölle herumlaufen, hm? Das muß in Ordnung gebracht werden. Weißt du eigentlich, daß ich eine Frau hatte?

SABINE *nickt.*

DER ALTE SEDEMUND Aber sie ist tot und in ihrem eigenen Himmel. Es gibt keine Frau Sedemund mehr und wird einmal keinen Herrn Sedemund mehr geben, Gott sei ihm gnädig, wie?

SABINE Das wird er sein, glauben Sie mir, das ist gewiß.

DER ALTE SEDEMUND Wissen Sie das so genau? Wenn jener Herr Sedemund kein Herr Sedemund mehr ist, so hat er ja mit Gnade und Ungnade nichts zu schaffen, aber einerlei – Herr Sedemund spielte seiner Frau ein Stückchen auf – Krankheit, Totenbett – nun? SABINE *blickt fragend und zweifelnd.* Das geht, o, das geht gut, Herr Sedemund verstand das gründlich, er ist klug und gebildet. Er gebärdete sich verzweifelt.

SABINE Wirklich –? Warum taten Sie das?

DER ALTE SEDEMUND Pst! Er! Weil er offenbar sterben mußte, man stirbt nicht leicht, wenn man seine Frau in Verdacht hat wegen – nun wegen was denn? Eine Komödie von nichts Gutem – jawohl! Eine abstandene aber wieder angerührte Geschichte von früher, aufgetrieben vom Sauerteig des Verdachts – wessen Verdachts? Eines gewollten Verdachts, der schlägt, statt geschlagen zu werden, nach der Melodie: wie ich dir, so du mir, ist das klar?

SABINE Ich versteh es nicht.

DER ALTE SEDEMUND Sieh, Sabine, von dem, was ich – ihr getan, wünschte ich – ihr von gleicher Art und Ähnlichkeit etwas anzuhängen. Herr Sedemund verlangte ein Geständnis nach dem stattlichen Grunde, den Sterbende immer haben: du mußt ja sagen, sonst kann ich nicht ruhig sterben. Und so sagte sie: ja, aus Gnade und – na – Güte, bloß um meine Qual abzukürzen, denn sieh, Sabine, sie dachte: er stirbt und verzeiht zu seiner eigenen Beruhigung und Labung, denn er glaubt nun doch einmal von andern, was ihm selbst geläufig ist. So dachte sie nach wie ich vorbedacht. *Er wartet, sie sieht ihn fragend an.* Warum? Himmel, ich hatte ihr so viel angetan, ich war höllisch in ihrer Schuld, ich wollte herzlich gern auch was zu verzeihen und nachzusehen haben. Ich wollte mit ihr quitt werden – heiliger Gott, verstehst du das nicht?

SABINE War das nicht böse?

DER ALTE SEDEMUND Böse? Nein, ich war wie Herr Sedemund immer war, und wurde von dem, was er tat, nicht besser und nicht schlechter. Also sie sagte: ja – ich tat es, weil sie glaubte, daß ich auf diesen Gedanken nun einmal eingeschworen wäre. Sie tat mir die Gnade an, sich eines Bösen zu bezichtigen, und sie wurde davon selbst auch nicht böse, denn sie war gut und blieb – – –

SABINE *schüttelt den Kopf.*

DER ALTE SEDEMUND Hallo! Merkst du was von der Wirklichkeit? Also sie war brav, untadelig und tüchtig.

SABINE Aber nicht gut.

DER ALTE SEDEMUND Ach, Kind, woher weißt du das? Nun, wie sie auch war, sie hatte sich einen Makel aufgebrannt, sie war aussätzig, wie angesteckt durch meine böse Sucht, und mein Sohn sagt, sie starb daran – – – *Er macht eine Grimasse.* Man sieht die Tatzen kratzen scharf und graben große Gruben auf, wo unverwüstliche Wüstheiten noch lange nicht verwest sind. *Zu* ONKEL WALDEMAR *und dem* JUNGEN SEDEMUND, *die herantreten* Was wollt ihr? Mit euch, wer hätte mich euch zu schaffen? Hier, das liebe Kind, das die vierte Bitte nicht aussprechen darf, da der Zahlmeister Mankmoos, Bruder Orgeldreher Ohnegleich und alle die andern Höllenbraten und -brüder sind auf meine Fürsorge angewiesen. Sie heil aus der Hölle zu bringen und mich mit, soll meine Sache sein. *Zum* ORGELDREHER Gehen Sie voraus und blasen Sie die Posaune, daß die Mauern der Hölle bersten. Des Löwen Krallen sind jetzt kurz gekratzt und seine Zähne zahm gekaut, er wird vor unserem Hohn heimhinken, und unser Baß wird sein Brüllen brechen. Und somit seid alle dem Satan befohlen!

Er schiebt den ORGELDREHER *voraus, der sein volles Register zieht, der Zug der Zuschauer, die sich durch die Vorausgehenden gedeckt fühlen, läßt sich allmählich zum Folgen verleiten, die Gruppe an der Spitze verschwindet schnell durch die seitliche Tür.*

VII. Bild

Kirchhofs-Kreuzweg, dickes Gebüsch zu beiden Seiten. Der Zug der Höllenbrüder, vom ORGELSPIELER *angeführt, kommt von hinten heran und biegt nach vorne um.*
GRUDE, *wie zu Anfang mit Gehrock und Zylinder, das Löwenfell schleppend, begegnet ihm und bringt ihn zum Stehen.*

GRUDE *breitet das Fell aus und legt sich darauf* Kusch dich, Schesar, bist brav! Was wollt ihr denn? So geht's in der Welt, in euren Hosen und Jacken hängt euer Selbst selbst, euer Fell ist eure Farbe, und die Farbe bringt den Furor hervor. Das Löwenwams wirkte den Löwenwahn, Schesars Kleid und Ruf war so gut, wie der Kerl und sein Gebrüll selbst, wie jeder sehen kann, der hören kann. Tot ist nicht tot, wie könnte der Tod schrecken, wenn er tot wäre, wie?

DER ALTE SEDEMUND Wer sagte so frech, der Löwe frißt uns? Da sieht man, was wir für Fetthämmel sind, wenn Löwen davon so dünn werden wie der da. Fressen und gefressen werden scheint auf gewisse Art dasselbe zu sein. *Zu* GRUDE Wenn die Dinge aber so gleich ihrem Gegenteil sind, so können wir Höllenbrüder lustig sein, gut gleich böse, böse gut, das Lied klingt leidlich lieblich. Machen Sie Platz und protzen Sie nicht mit fremden Federn. *Zum* ORGELDREHER Blasen Sie Sturm, stopfen Sie dem Bärenhäuter auf seinem Löwenbalg den Mund. Lassen Sie die Hölle heulen, es geht mit Hott und Hüh über Häute und Leute!

Der ORGELDREHER *setzt an.*

LEMMCHEN *kommt hastig mit* GIERHAHN Wer hat hier den Zustand offenbarer Hanswursterei herbeigeführt? *Zum* OR-

GELDREHER Sie begehn Kirchhofsschändung, wissen Sie das nicht? Wer hat Ihnen erlaubt, hier zu orgeln?

DER ALTE SEDEMUND Ich, Herr Wachtmeister, er und ich, wir führen vereint den Aus- und Umzug der Höllenbraten, er steht in meinen Diensten als musikalischer Hansnarr und seine Fingerfertigkeit ist phänomenal. Sie sehen erstaunt aus, blicken Sie um sich, Herr Wachtmeister, ja, ja, wir sind wirklich alle wieder da!

LEMMCHEN Verehrter Herr Sedemund, ich muß Sie wahrhaftig ernstlich warnen. Ich hatte doch strengstens in der Kapelle zu bleiben beordert und Sie sprechen hier von Höllenbraten, wie wollen Sie solche Antwort verantworten?

DER ALTE SEDEMUND Mit Freuden, Herr Wachtmeister. Denn sehen Sie, Sie sind einer Schar der Hölle Entsprungener begegnet, die des Löwen lachen. Erschrecken Sie nicht, wir sind bei vernünftigem Verstande, klar im Kopfe, keiner hat ein Loch im Leibe, jedes Fell ist ohne Fehl, bloß das des Löwen selbst, wenn Sie sich nur umsehen wollen ... *Zeigt auf* GRUDE

LEMMCHEN *zu* GRUDE Sie da suchen wir doch, und Sie sind da? Sind Sie nicht der Mann aus dem Irrenhaus und im schwarzen Rock? Sie sollen den Löwen losgelassen haben, was haben Sie denn nun da zu liegen?

GRUDE Einen Löwen, Herr Wachtmeister! Zwar er selbst ist zu Hause geblieben, aber sein Fell hat er mir freundlichst vermacht, darauf ritt ich spornstreichs spazieren, so verrückt es auch aussieht. Da haben Sie Schesar, das Löwenfell. *Steht auf und zeigt das Fell* Das da ist sein Schnauz, da sein Schweif, da sein Bauch, da seine Beine, aber sein Leib ist entseelt, und wir alle haben seine Seele im Leibe, wohlverstanden, sonst kann man es auch so sagen, daß Krüppelköpfe es kapieren.

LEMMCHEN *schnüffelt am Fell,* GIERHAHN *drängt sich heran.*

GIERHAHN Wie kann er sich unterstehen und eignet sich diese Haut an – überhaupt – ein unheimlicher Mensch, wenn man bedenkt, was dazu gehört, ohne Hilfe und heimlich im Dunkeln zu hantieren.

LEMMCHEN *zu* GRUDE Wie kommen Sie zu dem Fell, zeigen Sie mal die Pfoten vor.

GRUDE *zeigt die Hände* Da klebt kein Blut dran, Herr Wachtmeister, und auch die Montierung von Manschetten bis zum Mannshemde, sowohl was sichtbar wie im Verborgenen Falten wirft – alles sauber und sonder Fleck. *Zieht ein Papier hervor, gutmütig* Ich hab das Fell frisch vom Löwen, sozusagen noch warm weggekauft – sehen Sie: des Menageriebesitzers Candido Franchi grausam unorthographische aber doch rechtsgültige Quittung für –– na, sehen Sie selbst, ich will ein Streichholz anreißen. *Zündet an* Hier haben Sie's: heute morgen tot, heute mittag abgebalgt, heut abend mein – nun, war's nicht vielleicht eher ein Karnickel als ein König der Wüste, vor dem unsere Welt gewankt hat?

LEMMCHEN *liest, gibt das Papier mechanisch zurück, halb für sich* Der Herr Senator hat mittlerweile wohl das Protokoll in Form einer Meldung in Händen, das Protokoll ist von Gierhahn unterzeichnet –– *Zu* GIERHAHN Nee, Gierhahn, das gönne ich Ihnen nicht, aber den Halloh hätten Sie um so'n Hundedreck nicht machen müssen.

GIERHAHN *stotternd* Wenn Sie mein kleines wenig Zutun bei dieser Sache so wichtig nehmen, Herr Wachtmeister...

LEMMCHEN Gierhahn, gleich kommt die Feuerwehr angefahren, die ganze Schutzmannschaft ist im Anmarsch, bloß weil Sie das Tier gesehen haben, Sie haben's gesagt, Sie haben geschossen und Sie haben geschwindelt – mich beschwindelt nämlich, denn ich habe das ganze gegenwärtige Publikum im Glauben an Ihr gutes Wort sozusagen arretiert. *Zuckt die Achsel*

GRUDE *zu* LEMMCHEN Und wäre das alles, Herr Wachtmeister! Ihre Ohren haben die Beschuldigung über die Bestechung des städtischen Wagemeisters hören müssen, in Ihrer Nase steckt der Stank vom Gierhahnschen Kinderhandel, Ihre Augen bemerkten Herrn Waldemar Sedemunds Bereitschaft, noch mehr beizubringen und das ganze arretierte

Publikum hat's auch begriffen; aber Sie haben's mit großherzoglichen Ohren und Augen und mit der amtlichen Nase genossen.

LEMMCHEN Ich wüßte nicht zu erinnern, daß Sie gegenwärtig gewesen sind.

DER ALTE SEDEMUND Aber ich war dabei.

STIMMEN Ich auch, ich auch!

LEMMCHEN Oho? Wieso: ich auch, ich auch! Vorgetreten!

ORGELDREHER Ich ooch, Herr Obachtmeester. Ich nämlich, aber ich steh ja an und für mir vor Sie da. Wenn Sie Zeigen suchen, so brauchen Sie mir bloß een Zeichen zu gäben.

LEMMCHEN Die Sache sucht ihren Weg auch ohne Sie, seien Sie sicher. Ich will wissen, warum hier: ich auch, ich auch, gerufen wurde. Bezweifelt jemand, daß die Sache durch mich ihren gehörigen Gang bekommt, der soll vortreten. Sie, Herr Sedemund, warum auch Sie: ich auch?

DER ALTE SEDEMUND Ein Hauch von einem Ich, Herr Wachtmeister, wenn die Trompete faucht am jüngsten Tag, dann mag's Zeit sein, wenn ich dann die Puste nicht für eigene Angelegenheiten sparen muß. Also ich will's nicht mitgewesen sein, ich ziehe den Schwanz ein.

LEMMCHEN Sonst noch jemand? Vorgetreten! *Alles ist still.*

LEMMCHEN *klopft auf die Brust* Sie müssen nämlich alle wissen, Herrn Sedemunds Bruder hat ausdrücklich von Späßen und Witzen gesprochen, die beim Frühstück im Erbgroßherzog vorgebracht wurden.

ONKEL WALDEMAR *hinten* Ganz uichtig, Herr Oberwachtmeister, gwade so!

DER JUNGE SEDEMUND *tritt hervor* Ihre Auffassung, Herr Wachtmeister, ist doch durchaus falsch. Es war wohl von Späßen die Rede, aber nicht im Spaß. Es war eine boshafte Bezichtigung und in ihrer Art zum Speien, aber keine Spur von Grund, aus einem Schwein schonend einen Schwan zu machen, wie Sie zu beabsichtigen scheinen.

ORGELDREHER Hat man uns bei der heiligen Taufe bloß mit Spihlwasser bespritzt?

LEMMCHEN Schön, Sie sind der junge Herr Sedemund, und

Sie sollen sichs nicht umsonst sauer werden lassen. Sprechen Sie nur ruhig weiter.

DER JUNGE SEDEMUND Ich bin bereits fertig mit Ihnen, Herr Wachtmeister.

LEMMCHEN Aber ich nicht mit Ihnen, Herr, Sie werden von mir hören. *Zu* GIERHAHN Haben Sie sich Ihre Sache zurechtgelegt? Wie soll ich dem Herrn Senator den Fall vortragen? *Zu den Umstehenden* Sie können, da keine Gefahr mehr zu besorgen, alle nach Hause gehen.

Die Leute gehen an GIERHAHN *vorüber, dieser sieht den Vordersten nach, als ob er gewärtigt, daß sie sich nach ihm umsehen. Nun stößt man sich mit den Ellenbogen an und dreht die Hälse nach ihm um. Schließlich steht ein frecher Bengel steif da wie ein Wegweiser und zeigt mit dem Finger auf* GIERHAHN. GIERHAHN *zieht die Schultern hoch und steht mit zusammengebissenen Zähnen abgewandt so lange da, bis der letzte verschwunden ist.*

DER ALTE SEDEMUND, SABINE, *der* ORGELSPIELER, MANKMOOS *und* FRAU GRUDE *ziehen langsam seitwärts ab,* DER JUNGE SEDEMUND *geht mit* GRUDE *nach der anderen Seite, und schließlich zupft* EHRBAHN LEMMCHEN *am Ärmel, winkt und zieht ihn vertraulich seitwärts.*

GIERHAHN *allein, schaut sich um* Ich wollte, ich hätt so viel Kurage, mir die Nase abzuschneiden, daß mich kein Mensch wiedererkennt, wenn ich morgen auf die Straße komme. *Trampelt mit den Füßen, es klingt hohl, der Ton pflanzt sich unterirdisch fort und man hört in den Gräbern die Toten miteinander flüstern.*

EINE HALBLAUTE STIMME Wer ist da der Flegel, he?

Schließlich wird aus dem unterirdischen Flüstern leises Gelächter, man hört erzählen und einzelne Worte wie: Gierhahn und Ehrbahn – der ehrbare Gierhahn. Dann kommt eine dunkle GESTALT *und steht vor* GIERHAHN *still.*

DIE GESTALT Sie erzählen sich Geschichten von Gierhahn und Ehrbahn unter der Erde, sie lachen über dich, wie soll ich dabei ohne Gram in meinem Grabe ruhen?

GIERHAHN Mutter, hilf mir und bring wenigstens dies saubere Schriftstück beiseite.

Er greift in die Brusttasche und holt das von Schaukelstrick unterzeichnete Papier hervor, reißt es in Fetzen und gibt es der Gestalt in die vorgestreckte Hand. Die Blätter fallen aber zu Boden.

DIE GESTALT Viel, viel zu schwer, ich kann es nicht tragen, es nützte auch nichts, wenn ich es mit unter die Erde nähme. Man zeigt schon lange mit Fingern auf dein Tun und Treiben, aber du siehst es nicht, man murmelt über dein Mißleben, aber du hörst es nicht, aber ich muß es hören. Jetzt lachen sie und werden noch lange lachen, laß mich fragen, ob du noch weitere Lasten Kummer auf mich laden willst?

GIERHAHN Sie wissen also alles da unten? Was weißt du sonst noch von mir?

DIE GESTALT *schüttelt den Kopf.*

GIERHAHN Haben dir die andern nichts erzählt? Flüstert es nicht im Raum von – von … *Er schlägt sich auf den Mund.*

DIE GESTALT *weicht langsam zurück,* GIERHAHN *folgt.*

GIERHAHN Wißt ihr es, oder seid ihr doch blind und taub gegen die Geschichte mit … heraus damit, ich will Bescheid haben, was Raum und Luft und Erde davon wissen.

Bei einem dunklen Grabstein ist DIE GESTALT *scheinbar stehen geblieben, er tritt näher, es steht aber nur ein Grabstein da.*

GIERHAHN Wer weiß, wo sie hin ist. Ein Spuk ist nichts, ein Spuk wird nicht vereidigt, und was ein Spuk sagt …

Es beginnt wieder unter der Erde zu rumoren, diesmal in harten, beschuldigenden Tönen. GIERHAHN *er-*

schrickt und hält sich die Ohren zu. Dann horcht er wieder, stampft mit den Füßen auf, worauf das Raunen verstummt. Er blickt befreit um sich, will gehen, stockt, tut einen Schritt, stockt wieder, beugt sich zur Erde, erbebt und horcht erschüttert.

GIERHAHN Sie weint, o Gott, sie weint, hörst du nicht? Verdammt sollst du sein, daß sie weint. *Horcht* Wäre ich wirklich wert, daß sich die alte Frau im Grabe um mich die Augen ausweint? Gott, sie weint noch immer! Nur das nicht, sonst tut mir alles an! Wie gönnte ich ihr, sie träumte schöne selige Dinge über mich, ich wollte, ich wäre wieder Kind und sie könnte still bei sich über mich lächeln. *Horcht* Jetzt wird's wieder still, vielleicht schläft sie ein und ich wollte, sie könnte tausend Jahre träumen und vergäße ganz, wer ich wäre und daß ich wäre. Still, daß sie nur nichts von mir merkt. Weg mit dir, Gierhahn und Ehrbahn! *Schleicht seitwärts ins Dunkel*

Die beiden SEDEMUNDS *begegnen sich.*

DER JUNGE SEDEMUND Ich suche die Sabine.

DER ALTE SEDEMUND Und findest deinen Vater – Gerhard, nun, was sagt der Sohn vom verlorenen Vater? Schämst du dich eigentlich nicht? Ich dächte doch, du hättest deine Mutter reichlich gerächt – ist dir mein Bild am Pranger belustigend genug? Es war nur kümmerliches Kerzenlicht in dem Höllengehäuse da hinten, aber es hat genügt – wie? Hier im Dunkeln könnten wir uns zwar redlich raufen, aber Junge, wollte ich dir die ganze Wahrheit weisen, mit Wörtchen nicht, nein, mit Worten, die zur Sache stimmen, wir würden beide – hier im Dunkeln – vor einander rot werden. Sie war eine gute Mutter, – Gerhard, aber eine miserable Frau!

DER JUNGE SEDEMUND Pfui, Vater!

DER ALTE SEDEMUND Gut, gut, was weißt du davon! Lern sehen, daß die Nähe, die gnadenlose Lebensgemeinheit ein gefährliches Ding ist, daß sich zwischen Leuten ein Abgrund spaltet, alles, weil sie keinen Abstand hielten, lern Dinge sehen, die sich ohne Laut ins Leben schieben und rücksichtslos Raum schaffen. Mensch, was haben wir verbrochen, daß wir uns immer nur durch das Schlüsselloch unserer Verwandtschaft belauern, geht's nicht anders?

DER JUNGE SEDEMUND Es soll von heute an heißen: der eine Sedemund und der andere, nichts von Vater und Sohn.

DER ALTE SEDEMUND Weg damit! Meine Väterlichkeit ist in dir verfault und verpfuscht. Ich setzte deine Mutter ins Unrecht, ich nahm ihr mit Hilfe von Professor Druckhammer das Brot der Selbstgerechtigkeit aus den Händen und gab's den Hündchen. Ach, du weißt ja nicht, wie schön die Welt ist, davon verstand sie auch nichts. Nenne mich lasterhaft: Gott selbst hat lästerlich geliebt, als er die Welt mit ihren Gräueln gestaltete und ihre Schönheit schuf. Er wieherte donnernd wie ein geiler Hengst dabei.

DER JUNGE SEDEMUND Und ich sah dich doch eben schwer erschüttert, nein, du warst verdammt durch dich selbst, wie hieß es noch, – Höllenbruder?

DER ALTE SEDEMUND Es war wohl so, ja, ich will's wahr haben.

DER JUNGE SEDEMUND Und sprichst du darauf so verächtlich von deinem eigenen Bekenntnis?

DER ALTE SEDEMUND Wer weiß, wo unsere Wirklichkeiten sind. Ich klage mich oft mit der Lunge der Leute an, ja, es erschüttert mich, da am Sarge zu stehen und die Legende, die werden wollte, leise leiern zu hören.

DER JUNGE SEDEMUND Schaut kein Gespenst einer Tat zum Fenster hinaus, so weiß man nicht, wes Geistes dieses Haus ist, schaut eins aus der Dachluke, so wird sein Wesen offenbar für jedermann. Wie ist es damit?

DER ALTE SEDEMUND *spöttisch* Du kannst auch so sagen: was ich nicht gesagt habe, ist so gut, als hätte ich's gesagt, oder was ich tue, ist so gut, als hätte ich's nicht getan, oder was ich nicht getan habe, ist so schlecht, als wäre es geschehen. Na, du weißt wohl jetzt, wes Geistes dieses Haus ist, weißt du denn, zu was für Dingen du dich einmal bequemst, ja, hast du nicht schon schlecht und recht schlecht an mir gehandelt?

DER JUNGE SEDEMUND Wovor ich sicher bin, daß ich's nicht einmal tue? Das laß meine Sorge sein.

DER ALTE SEDEMUND Kann es nicht so herauskommen, daß man einmal belohnt wird dafür, böse gewesen zu sein, als Entschädigung – nämlich, und daß der Gute für sein enormes Glück büßen muß?

FRAU GRUDE *kommt mit* SABINE.

SABINE *zum* ALTEN SEDEMUND Sie haben versprochen, mich, nachdem Sie mich aus der Hölle geholt haben, auch noch in den Himmel zu heben. Ich halte Sie beim Wort und darum bat ich sie *Neigt den Kopf gegen* FRAU GRUDE mich herzuholen.

DER ALTE SEDEMUND Ach, ja wohl, Kind, das habe ich versprochen. Und so will ich Dir doch einen himmlischen Vorgeschmack verschaffen, mehr kann ich nicht, so gern ich's täte. Du sollst ein Kind haben, und – von mir, einen Sohn, einen studierten Sohn – *Faßt schnell Gerhards Hand* Sieh her, er soll dein Sohn sein, ich trete ihn dir ab, meinen Einzigen. Du weißt, wie einzig er an mir aus Liebe zur Mutter gehandelt hat – und er wird auch dich, deine neue Mutter – –

DER JUNGE SEDEMUND Vater, welch eine abgeschmackte Phantasie!

DER ALTE SEDEMUND Nichts da, Vater! Ich bin's nicht mehr, nimm sie in deine Arme und mach die Arme reich. *Flüstert ihm zu* Sie hat sich an den Teufel gewandt, in allem Ernst, wie sie mir selbst erzählte, so grimmig hat ihre Verlorenheit sie gegrämt. Verdirb mir nicht das Pläsir, sie zu unterhalten. Sieh sie dir nur an, sitzt sie nicht im Stuhl wie ein Vogeljunges mit geknickten Flügeln? DER JUNGE SEDEMUND *sieht* SABINE *an.* Ja, nicht wahr, was will man anderes tun, als ihr einen Narrenkram vorgaukeln, so oder so, das ist das einzige, um sie im Ernst zu erbauen. Sie ist allein auf ihrer kleinen Insel, man muß schon hinüberschwimmen und vorher seine Brillen und Hüllen abwerfen. Los, sei kein Klotz!

DER JUNGE SEDEMUND Kann ein Mensch so allein sein und ein Mensch bleiben? *Er atmet tief, tritt schnell zu* SABINE *und küßt ihre Hand.*

Sabine *schrickt, er beugt sich über sie, umfaßt und küßt sie.*

Sabine Wie heißt du eigentlich?

Der junge Sedemund Gerhard hat man mich genannt.

Sabine Gerhard ist gut, aber sieh mal, gut ist nicht gut genug, du wirst – so lange ich deine Mutter bin, umgetauft. Heiß Heinrich und sei ein armer sanfter Heinrich, hörst du?

Der alte Sedemund Und denk doch, dein sanfter Heinrich wird bald heiraten und dann wirst du Großmutter und kriegst mehr Enkel in den Arm gelegt, als du halten kannst.

Sabine Ist es schon Zeit für ihn, zu heiraten? Da muß er mich um Erlaubnis fragen, aber vorher habe ich ihm noch etwas anderes zu sagen. *Zu dem* alten Sedemund Ich muß es ihm allein sagen, wenn es möglich ist.

Der alte Sedemund *tritt zurück.*

Sabine Komm her, Heinrich, und versprich mir in die Hand – hier – versprichst du es?

Der junge Sedemund *gibt die Hand.*

Sabine Siehst du, so ist's recht. Nun hör zu: es ist das allereiligste und heiligste, daß du dem alten Mann da hinten – ein guter Mann, ganz gewiß, ein sehr guter Mann – mehr als gut – daß du dem alten Mann etwas Gutes tust, mehr als Gutes, etwas Wunderbares. Das ist es, Heinrich, sonst kriegst du keine Erlaubnis zu heiraten.

Der junge Sedemund Ist er wirklich gut, denkst du das?

Sabine *biegt sich zurück* Geh weg von mir, ich will dich nicht sehen, weit weg. Und pfui, du hast mich geküßt. *Sie wischt sich den Mund.* Ich will keine Enkelkinder von dir haben. *Stampft mit den Füßen* Weg, geh weg, mir wird übel von dir. *Zu dem* alten Sedemund Sie sollen kommen, Sie sollen bei mir sein. Sie sind gut, und er ist schlecht, denn er weiß nicht, was gut ist, pfui, das weiß er nicht mal. Wenn Sie mich nicht in den Himmel heben können, sollen Sie mich wieder zur Hölle fahren.

DER ALTE SEDEMUND Immer an einen anderen Ort, es gibt viele Halteplätze zwischen Himmel und Hölle.

Er fährt sie weg, FRAU GRUDE *folgt.*
Der ORGELDREHER *mit* MANKMOOS *marschiert an dem* JUNGEN SEDEMUND *vorbei hinterher.*

ORGELSPIELER Dieser dolle Olle hat'n dichtigen Deibel im Leibe. Sie, junger Herr, spießen sich mal rittlings uff ne spitze Wetterstange und lassen sich von alle vier witende Winde wiegen. Die kleene Scheene hat schonn 'n hellisch richtigen Riecher; daß die Beene gelähmt sind, das kann passieren, aber das Läben leiert ihr in die Gedärme herum wie's heilige Halleluja mit Prost und Appelmus -- Kommen Se, Herr Zahlmeester und befaichten Se ihre Fährte mit Tränentran und Nasendroppen.

Ab mit MANKMOOS
FRAU GRUDE *kommt aufgeregt.*

FRAU GRUDE Es ist unausstehlich mit diesen beiden. Den Orgeldreher und den Schneider schiebt er beiseite, mir schenkte sie so schiefe Gesichter, daß ich schnell begriff. Wenn es nicht zu schändlich wäre, würde ich sagen, sie suchen miteinander Einsamkeit und einen heimlichen Himmel. Wo ist Grude?

DER JUNGE SEDEMUND Dort oben und -- läuft seiner lieben Frau nach, bevor er nach Hause geht.

FRAU GRUDE Nach Haus, Himmel, was mag er meinen?

DER JUNGE SEDEMUND Seins, sein Heim, seinen Himmel. Er ist gesund wie ein Bergstrom und ausbündig bekehrt. Sie brauchen nur zu kommen.

FRAU GRUDE Und ich werde ihn nicht warten lassen. *Eilt fort*

EHRBAHN *und* LEMMCHEN *kommen.*

EHRBAHN *flüsternd zum* JUNGEN SEDEMUND, *indem er im Dunkeln Gierhahn vor sich glaubt* Bruder Gierhahn, Bruder Gierhahn, sei ganz getrost, Herr Lemmchen ist über alles Lob lieb mit mir gewesen. Alles ist gut.

DER JUNGE SEDEMUND So gehts, Herr Ehrbahn, lassen Sie's noch ein bißchen dunkler sein und der Trost des Herrn Gierhahn kommt mir zugute. Wirklich, Herr Lemmchen, man ruft Ihr Lob leider nur zu leise aus! Sie wollten doch noch von mir hören, oder sollte ich's von Ihnen, wie war's damit, oder ist kein Unterschied zwischen beidem?

LEMMCHEN Lieber Herr Sedemund...

DER JUNGE SEDEMUND O nein, so heiß ich nicht, ich bin Herr Sedemund, das genügt.

LEMMCHEN Also Herr Sedemund, wenn Sie so lieber wollen – da Sie mir die Wahl lassen, so sollen Sie von mir hören. Denken Sie mich zu ducken? Es scheint, Sie decken eine Pflichtversäumnis auf, Sie fangen mich in Amtsverfehlungen – ich sehe, Sie nicken, sehe es, trotz der Dunkelheit. Nehmen Sie also an, daß ich mich um das Gierhahnsche Tun und Treiben, wenn es sich nicht selbst kundbar macht, nicht kümmere. Herr Ehrbahn und ich wissen warum und wieso – solche Geschäfte gehen bei unsereins wie gutgeölte Maschinen. Wir stehen zwischen stummen Gräbern, kein Ohr hört und kein Mund meldet sich zu Wort. *Zu* EHRBAHN, *der die zerrissenen Fetzen Papier auf der Erde untersucht* Was sammeln Sie für Seltsamkeiten, Herr Ehrbahn?

EHRBAHN Mir will scheinen, als müßte man die Lappen auflesen. Ja, ja. *Eifrig suchend* Das sind solche Seltsamkeiten, daß man sie in Sicherheit bringen muß. Zwar sagen Sie ganz richtig, wir stehen zwischen stummen Gräbern. *Steckt die Fetzen in die Tasche* Kein Ohr hört, kein Mund...

GIERHAHN *hastig aus dem Gebüsch* Wollt ihr still sein, ihr Mäuler! Was – stumme Gräber, taube Ohren?

EHRBAHN Bruder Gierhahn, Bruder Gierhahn, wie hast du mich erschreckt.

GIERHAHN Bruder Ehrbahn, Bruder Ehrbahn, was hat das Eigentum meiner Mutter in deiner Tasche zu tun?

EHRBAHN Sonderbar, was für ein Sohn du bist, daß du von deiner Mutter sprichst, sie ist doch lange tot!

GIERHAHN Einem Bruder stehen die Taschen des Bruders offen. Sei so gut! *Er reißt ihm den Rock auf und zupft die Blät-*

ter heraus, die er wieder auf die Erde wirft. Hör zu, Bruder. *Reißt ihm das Unterfutter heraus* Du weißt, welchen Verdruß ich kürzlich hatte und hast mir mit brüderlichem Bedacht beigestanden, aalglatt durchzuschlüpfen. *Er zerreißt ihm den Rock und zieht die Weste ab.* War's aber nicht in Wirklichkeit mein Sohn, der Verdruß von seinem Vater hatte? Solch ein sauberes Meisterwerk haben wir zusammen brüderlich gewirkt. Und eben, da ich angefangen habe, mir von der Säuberlichkeit die Hände zu säubern, kommst du mit Bruder Gierhahn, Bruder Gierhahn? Verstehst du, Bruder Ehrbahn, meine tote Mutter soll endlich schlafen, du Schuft. *Zerrt ihm die Hosenträger los* Halt die Hände am Hosenbund, sonst mußt du als Hemdenmatz heimhüpfen. So – nun lauf und schrei durch die Straßen: das hat mein Bruder Gierhahn mir getan!

EHRBAHN Herr Wachtmeister, er ist wahrhaftig wahnsinnig geworden.

GIERHAHN Erde und Luft raunen darüber, im Raum rumort's davon und dann heißt's: Bruder Gierhahn? Still, sag ich, sonst fängt sie wieder an zu weinen.

DER JUNGE SEDEMUND *zu* LEMMCHEN Hier gibts nichts zu lachen, Herr Lemmchen, er wird die gutgeölte Maschine in gewaltige Unordnung bringen.

LEMMCHEN Ein Wort, Herr Ehrbahn!

GIERHAHN In Geschäften Gierhahns hat er keine Stimme mehr, und wem keine Stimme zusteht, soll's Wortemachen wohl lassen. Was für ein Wort, Herr Lemmchen? *Zu* EHRBAHN Du, geh zum Teufel – – also was für eins!? *Faßt* LEMMCHEN *an der Schulter*

LEMMCHEN Denken Sie nicht daran, mich zu handhaben, wie Herrn Ehrbahn. Lassen Sie los, lieber Freund, keine Faxen, geben Sie mich frei!

GIERHAHN Vater im Himmel, hilf, daß ich den lebendigen Lemmchen nicht löwentot mache. *Umschlingt ihn in krampfhafter Wut* Hilf mir, daß ich's lassen kann! *Zu* SEDEMUND *und* EHRBAHN Helft ihm doch, rührt die Hände, holt Leute!

EHRBAHN *stürzt davon.*

LEMMCHEN *halberstickt* Ich hab meinen Revolver schon schußbereit, Herr Sedemund, beiseite – es knallt!

GIERHAHN Es knallt? Gott Lob, nun laß ich ihn los. *Läßt los, leise* Nicht knallen, Kerl, keinen Lärm! Ich kam doch, um euch still zu kriegen, und nun ... *Horcht* Alles ist stumm, sie schlafen in den Gräbern, laßt uns auseinandergehen, ich will das Wort nicht wissen, nichts, was Tote wecken kann. *Springt ins Dunkel und verschwindet*

LEMMCHEN *lacht* Ist das nicht doch zum Lachen, Herr Sedemund? Ich hatte gar keinen Revolver bei mir – es war nur eine kleine Kriegslist. *Vertraulich* Sehen Sie, wir wollen ohne Not bestrenommierte Bürger nicht behelligen, bloß weil sie ein bißchen flott wirtschaften. Ein guter Ruf gilt uns einen ganzen Hümpel mehr als genaue Gerechtigkeit. Herr Gierhahn ist das Beispiel eines wohlbewährten Mannes, und wir wollen bei Leibe keine Bresche ins Bestehende reißen. Der gute Schein schirmt die gute Sache und die gute Sache ist unser Schirm und Schutz.

DER JUNGE SEDEMUND Sie meinen: guter Schein, gutes Sein, nicht so? Ich sagte Ihnen übrigens schon, daß ich mit Ihnen fertig wäre. Wissen Sie noch?

LEMMCHEN *gemütlich* So bitter, Herr Sedemund! Gierhahn ist noch lange nicht der Schlechteste, es wäre schade um ihn, daß so viel andere herumlaufen, die zu Recht im Zuchthaus säßen. Und wie ist's mit der Buße für die Sünder, die ihre Sünden nicht begehen, weil ihnen die Gelegenheit nicht begegnet? Bloß weil die Gelegenheit fehlte, fahren sie vierelang flott durchs Land? Darum stolzieren sie straffrei herum? Lächerlich! Von Rechts wegen müßten gerade die Unverdächtigen bestraft werden – gerade die!

Er will gehen, stößt aber auf ONKEL WALDEMAR, *der aufgeregt und verzweifelt gegen ihn rennt.*

LEMMCHEN Hallo, wer da? Seien Sie doch vorsichtiger, Mensch! – – N'Abend, Herr Sedemund.

ONKEL WALDEMAR Wo ist ä, wenn Sie so gut sein wollen?

LEMMCHEN Wer soll wo sein? Ihr Neffe ist da.

ONKEL WALDEMAR O, Hä Lemmchen, wenn Sie wüßten – ja, es ist gut, Hä Lemmchen, gehen Sie gäne zu.

LEMMCHEN Meinen Sie mich?

ONKEL WALDEMAR *faßt sich* Entschuldigen Sie, Hä Obäwachtmeister, es handelt sich um vätwauliche Familien – ä – ötewungen, Hä Wachtmeistä!

LEMMCHEN Gewiß, Herr Sedemund, gerne; n'Abend, Herr Sedemund. *Ab*

ONKEL WALDEMAR *klammert sich an den* JUNGEN SEDEMUND O Gähadd, Gähadd! Gähadd, geh mit und hilf mir, deinen Vater fotbwingen. Denk dir, ä plaudet ganz planlos mit diesä Sabine und sagt ihr, sie sei ein süsses Seelchen und was er alles salbadet. Ogottogott, und ganz zwischenduch, damit sie desto bessä zuhöht, sagt ä: mein Bwuder macht Meineide. Ihr Bwuder? fwagt sie mit väliebten Faxen. Ja, ja, natühlich ä selbst, Waldemar, sagt ä, wie wenn's nichts weitä wäre, und dann äzählt ä wiedä von sich. O Gähadd, Gähadd, komm schnell!

DER JUNGE SEDEMUND Laß nur, Onkel, ich denke, deine Eide sind nicht meine Eide.

ONKEL WALDEMAR Abä, ich bin doch dein Onkel, Gähadd – Gähadd, ich häng mich auf, wenn du nicht willst.

DER JUNGE SEDEMUND Und ich bin entschlossen, mich Vater zu Gefallen eine Zeit lang bei Dr. Faßlich im Gewahrsam zu tun. Sabine hat's mir so eingegeben. Nun gut, dann hast du ein Geschäft, Onkel und gehst hin und her und beschnackst hier und da die Schauergeschichte am Grabe und was weiterhin war. Also etwa so: was glauben Sie, sagst du, welche Kaprizen und welche unangängigen Torheiten, um nicht zu sagen Tollheiten im Kopfe meines armen Neffen – sagst du – sassen. Und was blieb meinem armen Bruder übrig, als auf alles einzugehen zu selbsteigner Demütigung, um nicht zu sagen Entwürdigung, sagst du – nein, du sagst: – Entweihung der eigenen Person vor dem Pöbel, also mit Entweihung seiner selbst auf alle Einbildungen des Sohnes wie auf eine sehr ernste Sache zu reagieren? Ja, sogar so weit ging er, daß ich selbst, der Onkel, sagst du, Onkel, nicht geschont werden durfte, also, daß wir, um ihn vor der eigenen Raserei zu retten, als Opfer seines wütenden Wahnsinns dastehen. – So sagst du und so ist's wahr wie ein Eid von dir selbst. Ihr seid eben bestrenommierte Bürger alle beide und ins Bestehende wird so leicht keine Bresche gebrochen. Komm nur, Onkel, aber nicht, um Vater von Sabine zu scheuchen. Wenn du deinen Odem zu Vaters Bestem vertust, dann hast du das Aufsehen erregende Aufhängen gespart.

ONKEL WALDEMAR O Gähadd, liebä Junge, wie gut von dir – du – du – echter Sedemund.

DER JUNGE SEDEMUND Echter Sedemund? Ja, so sind sie, unverbesserlich! Es stinkt zum Himmel von Sedemunds wie ein Haufen Unrat, ein Löwenmaul spaltet sich und ein Löwenrachen heult Wut über uns und du nennst mich einen echten Sedemund. Und es ist doch momentan in der Welt jeder Name löblicher genannt als just unser. Ein Farbenspiel auf einem bißchen Seifenschmiere, der ganz schöne Schein einer Seifenblase ist zur Zeit solider als unser Ansehen. Was hat's denn nun mit der Echtheit auf sich, wie ist Vaters und wie meine beschaffen, da wir beide echte Sedemunds bleiben?

DER JUNGE SEDEMUND *und* ONKEL WALDEMAR *ab*
GRUDE *und* FRAU *kommen von hinten Arm in Arm. Plötzlich faßt er sie und tanzt mit ihr ein Stück des Weges.*

FRAU GRUDE Nicht doch, du, tritt leise auf und tanz hernach. Laß uns erst aus den Gräbern heraus sein.

GRUDE Ach was, gerade über Gräber hin, mitten zwischen dem Grauen durch, fort mit ihm unter unsere Füße in die Grube! Die Alten haben ihre Zeit gehabt und sind in Grund und Boden getreten, jetzt kommen wir und nach uns unsere Kinder, alles wird gründlich anders, es lebe die neue Zeit und die echten Grudes! *Ab.*

Ernst Barlach
Dramen

Taschenbuchausgabe in 8 Bänden
Mit Zeichnungen von Ernst Barlach
Herausgegeben und mit Vorworten von
Helmar Harald Fischer.

Das dramatische Gesamtwerk Ernst Barlachs einem größeren Publikum und Leserkreis bekannt zu machen, ist die Absicht dieser Taschenbuchausgabe in der Serie Piper, die bis zu Barlachs 50. Todestag im Herbst 1988 abgeschlossen sein wird.
Neben dem als Band I des dichterischen Werks 1956 bei Piper herausgegebenen Dramenband macht diese Ausgabe – zum erstenmal ergänzt durch Zeichnungen Barlachs – die ursprünglich veröffentlichte Textgestalt der sieben, zu Barlachs Lebzeiten erschienenen, Dramen und den, postum veröffentlichten, Erstdruck des »Grafen von Ratzeburg« in der Grillen-Presse nachlesbar. Vor allem jedoch werden Barlachs Dramen damit auch in Einzelbänden zum Taschenbuchpreis für alle zugänglich: Voraussetzung für eine dem Werk in Intensität und Umfang angemessene Beschäftigung mit Barlachs Dramen. Eine Aufführungsgeschichte im Sinne kontinuierlicher Beschäftigung mit Barlachs Werk auf der Bühne steht erst noch bevor.

PIPER

PIPER

Band 773 Erscheint im September 1987

PIPER

ERNST BARLACH
DRAMEN: DER TOTE TAG

HERAUSGEGEBEN UND MIT EINEM VORWORT VON HELMAR HARALD FISCHER

Serie Piper

Band 776 Erscheint im Mai 1988

PIPER

ERNST BARLACH
DRAMEN: DER GRAF VON RATZEBURG

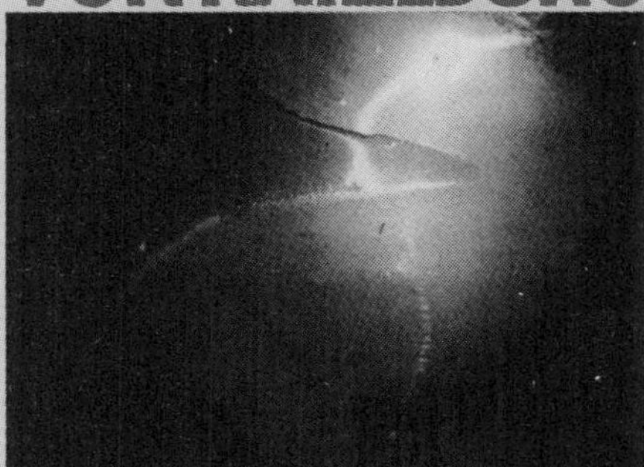

HERAUSGEGEBEN UND MIT EINEM VORWORT VON HELMAR HARALD FISCHER

Serie Piper

Band 778 Erscheint im Oktober 1988